因為我喜歡你

笨蛋

舒果汁／著

目次

1 名爲遇見的遲到

晨曦輕撫下的微風，讓早起雨燕的灑翅顯得分外飄逸；左腳包裹的厚重石膏，則讓趕著上學的我，看起來異常笨拙。

撐著支架拐杖，我一跛一跛地朝學校前進；若只注意地上影子的話，實在是很像一台零件故障的三足機器人。我看看手錶，離教官拉上鐵閘大概還有二十五分鐘。若是平常，我一定是會瞇著眼微笑著說，真是幸運呀！因為從這兒到學校，大約只有二十分鐘的步行距離；但相當不幸地……我目前的行進速度，只有平常的三分之一。

現在的我，該要避免遲到而滑稽地跨腳快步，或是盡量保持淑女矜持的優雅姿態呢？兩者中擇其一，對仍擁有美好未來的氣質女高中生來說，實在是一種掙扎。

猶豫中，不祥的驚嘆號突然在腦海裡閃過……喵的！今天早自習要英文考試！一想到這，我含著眼淚悲憤地選擇了前者。

車煙沸頂的大馬路邊，一個踩著鐘擺式大步的十七歲少女，在人行步道上張腿搖晃前進。不過走不到十公尺，腋下的拐杖，冷不防地插進紅磚間的隙縫，讓原本就已骨折的腳踝，硬生生地又扭了一下。

「唉喲喂呀！」表情扭曲的我不禁脫口，喊了出一串市場大嬸才會用的連續狀聲詞。

「妳沒事吧？」一隻在電線桿旁抬起腿的米克斯犬，側著腦袋瓜子用眼神這樣問了我。

我緊張地環顧了四周，雖然路邊來往的車輛絡繹不絕，但所幸在這巔峰時間中，機車們和汽車們皆忙著超車和反超車，沒人有空注意到剛才紅磚道上的這一幕。確定左右前方沒其他行人後，我對著那頭米克斯犬比了個OK的手勢。

狗是人類最好朋友的原因之一，就是牠們不會把不該說的事情說出去。不過該說的，也不會說就是了。

總之，真是好險！沒被別人看到……或是聽到我的糗樣。

「呃，妳沒事吧？」視角盲點的正後方，傳來了這樣一個問句。

驚恐地回頭後，我發現問句的主人是一個穿著和我同校制服的男孩，學號的另一頭，繡著「二年七班　張大介」幾個字。啊……糗斃了！不但被聽到，而且還是被同校的男生聽到！

「沒事呢！」我把一絲散髮捎向耳際，用自信的笑容回應他。雖然不知道若無其事這句成語的典故是甚麼，不過我懂得該怎麼應用。

「嗯，那妳……沒事就好。」那男生搔了搔頭，緩步從我身旁穿過。他牽著一台破舊的黑色單車，或是說從車身斑駁的鏽跡推測，那曾是一台黑色的單車。

這七班的男生……雖然不認識他的為人，但應該不至於會在學校到處散播「今天看到了個很好笑的跛腳大媽，竟然是我們學校的！」之類的無聊八卦吧？

凡事想太多，聽說是雙魚座的缺點，畢竟實際上的情況，很可能是這男生過了下一個街角後，就在宇宙中消失，再也與我毫無瓜葛了。

「但是……這時間，好像快遲到了耶？」那男孩走了幾步後，突然又回頭開了口。

「對呀！對呀！所以你要不要上車，快點騎去學校啊？」我用著不太自然的聲音催促他，希望自己的臉孔和聲音特徵，不要在目擊證人的腦海中留下印象。

「喔，我的腳踏車落鏈很久了，所以不能騎。」他很自然的指了指兩輪間鬆垮的鐵鏈。

落鏈很久了……那你幹嘛上學沒事還要牽出來!?幫它做復健嗎？

「想說都是要去學校，要不要妳上來坐，我推妳走？」見我沒回答，他的視線停留在我打著厚重石膏的左腳上。

「不用了！我自己可以走的，謝謝。」我婉拒了他所提的突兀建議，心中

「我跟你又不熟」的贅句則沒講出來。

「喔，我只是想說妳如果遲到……這樣被教官罰站在門口的話，可能會有點辛苦說。」

咦，我怎麼突然感到些斬首示眾後再遊街的意味？他這毫無加重語氣的一句話，不知怎麼，重重地在我心鐘上敲了個發出裂聲的悶響。

「那麼就麻煩你了。」自顧自地彎腰道謝後，我攀坐上了他腳踏車的後座。人生，就是要在不斷的選擇中做出決定。腳踏車的兩輪開始嘰喳轉動，他推得很慢，就算是要被載去賣，我也有充裕的時間可以跳車。

「我……會不會很重啊？」過了個街口後，我在腳踏車的後座紅著臉，問了前頭推車的男孩。

「還好。」停頓了兩秒後，他做出回答。

可惡，這個時候他應該要說「一點兒都不會！」或「妳很輕啊！」這樣的話才禮貌吧！而且慢了兩秒才回話是甚麼意思呀？

我決定在到學校前不再多嘴自尋其辱，只是用凜然的目光直瞪著他背影。

「對了，妳的腳怎麼受傷的啊？」大概是怕一路上無聊到尷尬，他突然問了我。

「這個嘛……」我沉重地閉上雙眼回想。

昨天傍晚放學後，一如往常，我晃去家裡附近的便利商店，去買我每天一定要吃的紅豆芝麻麵包。經過郵局前的人行道時，我發現到一位神情緊張的老婆婆，拄著根老人拐杖站在路旁良久；她辛苦提著一袋重物，似乎對眼前車水馬龍的交通顯得很恐懼。

想要用愛心溫暖這冷漠社會的我，很自然地踏著微笑的腳步走近；我親切挽起老婆婆的手，順便幫忙拎了那包重物，想要帶她跨過斑馬線。

但是「老婆婆，我扶您過馬路好嗎？」這句話，應該要在勾住她胳臂前先講的。

說時遲，那時快，老婆婆突然虎虎生風地舞起手上的拐杖，眼神間流出毫無仁慈的兇狠殺氣，用一股不知哪來的神力朝我左腳上砸去。

「唉喲喂呀！」這是我直接的反應。

「女孩子家甚麼不學好！學人家搶劫！再不走我就叫警察了喔！」老婆婆緊抱住她那包提袋，怒喝。但是腳掌剛嚴重骨折的我，實在走不了；最後警察沒來，救護車倒是有來。

如果有同學講了以上故事，即使明白背後的哀怨，我應該還是會不顧友情地噗哧笑出來。

「就是……幫人時，受傷了。」凝視著遠方，我把故事這樣輕描淡寫地說了過。七班那男生，只要知道這樣就夠了。

「嗯，所以是好心有好報吧！」他木訥地點了頭。

我無奈地笑笑，但總覺得他俚語用得好像不是很應景，好心有好報……？

一路上在鐵馬的後座，我依稀聞到股說不出的莫名氣味，在四周飄瀰著。並不是這男生的汗味，說不上是令人厭惡的臭味，但也不能歸類成讓人愉悅的香氣。或許更貼切地說，它像是一種曾經存在過的味道。

腳踏車簡單冰冷的金屬條，雖然並不如摩托車軟墊舒適，不過在他緩緩地推著單車下，並沒有給我太多不適的感覺。涼風下，我們都很有默契地沒再開口說話，直到抵達校門口前的最後一個轉角。

「到這邊就可以了，謝謝！」為避免其他同學誤會，我用右腳支撐，從男孩的腳踏車上蹬了下來。

「嗯，慢慢來。」那七班的男生，幫我把拐杖撐好。

一前一後地轉出巷子後，我看見了正被拉上鐵柵的校門。學校門前，是雙手叉腰、面露猙獰微笑的教官。我錶上的分針，剛跳上三十二分。

人要逆天，果然是很難。

「嘿！都是熟面孔啊？」教官攔下了眼前遲到的待宰羔羊。

「教官，那個……」我急著開口，想要告訴他我等一下還有英文考試。

「喔，妳腿受傷嗎？那這次就饒過妳，趕快進去教室！」他罕見地大發慈悲，揮手放行讓我過去。

咦，我怎麼沒想過腳傷是個遲到的好藉口？我不可置信地看著教官，愣愣地從側門穿進了學校。

「你的話……就罰站到第一堂課開始，再加記一個警告！」鐵門外，喜滋滋的教官拉出夾在腋下的檔案夾，把七班那男生的學號填上他的生死簿。

遲到要記警告!?上學快兩年來，這是我第一次聽到這麼嚴重的案例。之前有位同學在教室內隨地小便，都沒被這樣處置啊！我緊張地望著剛載我上學的那位男生，希望他能快告訴教官遲到的理由。「你是因為幫我啊！雖然我不重，但若不是因為要推我，你今天不會遲到的吧！」我在遠處乾著急，卻沒敢大聲替他喊冤，只是希望那男生趕快開口說些甚麼。

「嗯。」那男生開口了，但卻是毫無抵抗地畫押。

看著他，牽著單車默默罰站在門口，第一次，我有種自己是害人精的感覺。

2 家政課

整個上午的課，用著沒讓我察覺到的節奏，不知不覺地過去了；就連隔壁座的蕭亞藤在下課時，用麥克筆在我左腿石膏上畫了幅梵谷的自畫像，我都沒發現。我是在意著甚麼嗎？能讓我分神的事並不多。我靜靜思索著，從一早到現在，究竟是甚麼事讓我心煩……哎，是了！原來就是今天一早的事情。我猛然意識到英文小考的試卷上，我竟忘了寫上姓名！

尋回了差點丟失的記憶後，我舒坦了不少。雖然上了高中後，我就再也沒有寫日記的習慣，但對於每日發生的點滴，我都有把它們牢牢記在腦裡的偏執。我認為想要過著豐實的幸福人生，就有義務把每天所發生過的大小瑣事，細心收藏起。

「姿瑜，走了喔，來去家政教室了！妳的絞肉是放在烹飪教室的冰箱嗎？」

小芊拎著一小包塑膠袋走到我身邊，袋子裹頭分裝著蝦米和香菇。

絞肉……？

我額頭稍稍地微皺起，想起了今天的家政課，要去隔壁棟的烹飪教室學做燒賣。上禮拜我和小芊就分配好，一組的我們由她帶配料，我則負責準備豬絞肉餡。其實早上出門前，我是有準備好絞肉的，只是天真地以為老爸會心疼我，騎車載他可愛的女兒上學，所以當時把那袋生肉，擱在他機車的置物箱了……

「芊，我們來做不要放肉的燒賣好不好？」在小芊扶著一拐一拐的我，朝烹飪教室走去的路上，我鼓起勇氣問了她。

我滿溢著的微笑還沒淡卻，就察覺到小芊逐漸慘白的笑容，和她在我胳臂上越掐越緊的力道。我們從高一開始就是好朋友，很多事情，不須用言語表達出，便能很有默契地了解彼此。不過雖然打從心底地這樣認為，在經過往一樓的階梯時，我還是刻意繞路避了過去，深怕她一個衝動把我推下樓。

到了家政廚房，堅決燒賣裡一定要有肉餡的小芊，四處觀望後，繞去了王媽那組的桌前。王媽這位同學會有『王媽』這個綽號，是因為她明明只是位高中二年級的學生，卻伴隨著一股濃厚不可思議的大媽氣息；彷彿佔據她年輕肉體的，是個沒喝下孟婆湯的古老靈魂。

「哇，王媽，妳最近新剪的髮型嗎？好夢幻喔！很像尹恩惠上一部韓劇的造型耶！哪家店的設計師幫妳剪的呀？」小芊用讚嘆的語氣，看著王媽桌上，那包超大袋的絞肉餡。

「哈有嗎？已經剪了一個月了啦！我頭髮都我爸幫我剪的啊。」王媽笑呵呵地瞇著眼，摸起自己的一頭鬈髮。

王媽人真的很好，就像我外祖母一樣的熱情慈祥。在和小芊寒暄了幾句話後，她便大方地分了一大半絞肉，送給我們。看著小芊包回來那袋肉的份量，我深深覺得王媽真是經驗老到；從過去大家習慣找她借水彩筆、借針線的直覺中，她今天準備的肉餡，至少比老師交代的多了四倍。

「等王媽老了以後，妳記得要孝敬她。」聽著上課鐘響，小芊的神情像是在告解室裡懺悔的信徒。雖然那罪惡感，僅僅只露出了一剎那的時間。

我沒作答語，只是思考著沒帶絞肉和謊言拐騙，哪項罪行比較嚴重。

家政老師進了教室後，開了一整大袋的麵粉放在前面，讓大家輪流分取。上禮拜老師就有交代，我們只要負責帶肉餡和配料，她會供應做外皮的麵粉。我想這也是她能做到的最大限度了，雖然家政老師看起來精明幹練，但若真要在教室裡當場殺豬分肉，還是有點難想像。

「姿瑜妳知道嗎？聽說以前物資貧乏的時候，大家也都是要像這樣，去教堂排隊領麵粉。」

「嗯，但是好像也可以領米吧？如果不喜歡吃麵食的話。」

我們望著教室前頭的大家，各自抱著碗公、大排長龍等著領麵粉的神情，想起了古裝片中，村民們捱餓的煎熬。

無聊中，小芊數起袋子裡的蝦米數目，打算等排隊人數少了一點後，才去取麵粉。

「四十五、四十六……哇！妳看這樣一小撮蝦子，就快五十隻了耶！那這整袋要放進燒賣裡的話，至少有兩三百隻蝦吧？」小芊訝異，跟著又捏起一隻蝦米，放進手掌裡。

「所以說，我們兩人就可以吃三百隻蝦？超奢侈的！」我也嚇了一跳，看著面前這樣還不滿足，硬要加豬肉的暴發戶。

「趁現在煮水等著做麵糰的空檔，同學們請先把蝦米和香菇洗好泡水，等一下才不會手忙腳亂……」老師拍起手，催促班上同學開始著手工作，不要只顧著發呆或聊天。

儘管說已經是接近成年的十七歲了，但班上除了王媽，從其他同學生澀忙亂的動作中，可以看出平常大家都沒太多料理的經驗。我自己雖然有些稍微緊張，但是大致上還算有信心，老爸甚至常稱讚我煎的荷包蛋，好吃到可以拿出去賣了。我只是希望做燒賣的難度，和煎蛋不要相差太多……

3 燒賣

「快點，快點，要下課了！」小芊打開蒸籠後，一連夾了好幾個冒著熱煙的新鮮燒賣，謹慎地裝進免洗紙盒裡。在下課鐘聲響起的前三分鐘，我和小芊親手製作的美味港式點心，終於及時出爐了。

「好香喔！今天做得算成功吧？不過我想要不是腳受傷，今天揉麵糰時應該可以搓得更漂亮的。」我在一旁拎著蒸籠蓋，檢討今天烹飪的成果。可是說實話，左腳打石膏和搓麵糰的技巧之間，到底有沒有任何關係，我也不確定。

「倒是妳的腳，只是踢到石頭怎麼會那麼嚴重啊，妳踢得很用力喔？」小芊順著話題，提起我的腳傷。

「……就很大一顆。」我突然覺得早上跟她講的理由，還滿爛的。但相較於看見最好的朋友，朝著自己的不幸笑出眼淚，我覺得還是不要把確切的實情講出來比較好。從小到大，太多見不得人的傷痛，我都習慣地讓自己默默承受。

「嘿，好啦！我要趕快走了，妳自己回教室沒問題吧？」小芊捧著那盒熱騰騰、剛打包好的燒賣，迫不及待的表情。

「嗯？妳要趕著去哪？」

「苗學長啊！他們的練習這節剛結束，當然要趕快送吃的去呀！」她一副對我的無知很驚訝的樣子。

想了一想，我今天好像也太遲鈍了點；從一開始小芊異常求好心切的堅持中，我就早該看出些端倪了……而下課鐘響起的霎時，小芊一秒都沒耽誤，在一轉身中便消失了，連讓我開口說聲「重色輕友」的道別時間都沒有。

「啊……過分。」雖然嘴裡嘀咕，但我是能體會小芊的心情的。她剛才嘴裡的苗學長，是學校籃球校隊的隊長。剛領軍打進全國大賽的他，擄獲了許多本校女同學在課本上的注意力。先不說全校被「煞」到的女生有多少，光是班上我所知道的，至少就有六個女生和一個男生是他的粉絲。

一想到愛慕苗學長的人數眾多，我就對小芊的處境有點擔心。她跑得很快，不過想把點心送上，沒有事先預約應該還是有點難度。

烹飪教室裡的同學，不一會兒就只剩下小貓兩三隻，或許大家的心中，都有著想要讓某人趁熱品嚐的急切。我靜靜地把蒸籠裡的剩餘燒賣，夾進紙盒裡，不疾不徐地。

桌邊，捧著三大盒燒賣便當的王媽，堆著笑容從我一旁經過，身後洋溢著耀動的陽光。我大致上能猜到她的目的地，因為王媽正是本班那六女一男裡的其中之一。希望小芊能看在那包絞肉的情義下，在苗學長的粉絲人海中，留下一個位置讓王媽插隊。

蹬著拐杖走向教室的途中，我望回自己手上的那盒燒賣。雖然孝順的我，第一個想法是要帶回家去給老爸享用，但一想到今早他急著上班、棄我於不顧的背影，便打消了這念頭。

不過這樣色香味俱全的美食，我一個人享用好像很浪費喔？只是學校裡，又沒有熟識的其他班朋友……

不知怎麼地，我想到了早上遲到的事，和那個推著我上學的落鏈腳踏車男孩。走廊上呆站了一會兒後，我抱著自己都不知道為何的想法和燒賣，將拐杖轉向隔壁棟的二樓，朝了二年七班的位置步去。

算是報答嗎，或是過意不去的補償？還是我真的不願意帶回去給老爸吃呢？

「請問，你們班的張……同學在嗎？」到了掛著二年七班門牌的教室，我不確定該如何啟齒，但還是問了一位坐在門旁、最後一排的平頭男孩子。因為到了門口，我才意識到根本記不起早上那男生的名字，只隱約記得姓張。

「張同學，那一個啊？我也姓張啊！」他放下手裡的香港漫畫，指指自己。

「就是……呃……你之外的那位張同學。」

「除了我之外的張同學？啊，為甚麼要把我排除在外！再怎麼說，我也是姓張啊！不能是我嗎？」他好像剛被人瞧不起般的表情，不甘心地認真問了起來。

我愣在門口，心中覺得不妙，怎麼會運氣那麼不好，問到了一個看武俠漫畫看到走火入魔的人？

正當我望著張姓平頭男，感到無言以對的同時，他身後突然出現了一個身影；很不起眼的一個身影，但仍然讓我注意到了他。

「借過喔。」那冒出來的男生，提著兩大包垃圾袋，試著想從我和平頭男對峙的微妙空間中穿過。嗯？他不就是……？

「啊，你！」發現他就是早上那男生，我驚喜地喊了出來。

「喔喔？早上的……」原本眼神惺忪的正牌張同學，視線終於對了焦。他發現我的存在，明顯也吃了一驚。我再次看了他制服上的姓名，確認沒有把對方的姓記錯。

「妳來我們班找人？」張大介回頭看了一圈教室，慢吞吞地走出來，兩手上的垃圾袋顯得沉甸甸。

「是呀，就是早上的事……」發現他特意望著我，我反而感到有點無所適從，只能低頭看回手中的那盒燒賣。接下來，應該說聲「謝謝」，或是先說「對不起」呢？

「所以妳是要找誰呢？」張大介還是沒意會過來。

「……」心中的點點點，讓我意識到這個男生有點遲鈍。

而原本的那位張姓平頭男，插著腰站在張大介身後，專心地看著這一幕。有如電視新聞裡搶鏡頭的路人甲，毫無意義地存在著。

「就是想跟你講……早上的時候，讓你遲到很不好意思。」為了不讓情況更詭異下去，我趕快開門見山，把來意表明清楚，而且刻意去忽視一旁的平頭男。

「喔不會，沒有甚麼關係的。」張大介揮揮手，但手上的垃圾袋，讓他的手勢很不明確。

「那後來有罰站很久嗎？」我怯生生地問道。

「不算很久吧……第一堂課開始時，教官就放我走了。」縱使他的語氣好像真的是無所謂，但是算一算，從我們遲到開始到第一堂課的時間，至少也有四十分鐘了。

「嗯，就是……很感謝早上你幫了我，所以想說，這是我們剛烹飪做的點心，趁熱想請你吃……」臉頰突然發燙的我，並沒有其他意思，但就不知道為甚麼臉紅。

「呃，那個小事啦……而且我現在要去丟垃圾，手很髒，不太方便拿……」他尷尬地舉起兩手上的黑色大塑膠袋。

「沒關係！我餵你！」害怕被拒絕的我，沒頭沒腦地，連忙拆了一雙衛生筷。

驚愕的表情一閃而過後，他沒有拒絕，只是靦腆地傻笑起；這是我第一次看到他臉上出現笑容。撐著拐杖，我小心翼翼地打開紙盒，夾起一顆燒賣，塞進他的嘴裡。

他張開口，接下了那顆帶有溫度的港式點心。

從一早遇見起，這是我第一次仔細看了張大介的容貌。離帥氣稍有距離，並帶著汗漬的平實五官、參差不齊明顯沒梳理過的雜髮、皺巴巴的學生制服……讓我不禁替他慶幸，教官對於服裝儀容的要求不高。

看著張大介咀嚼，我從他嘴角深陷的愉快中，見到了滿足的意味，卻沒注意到自己的臉頰，其實也露著相仿的表情。

我期待地，看著他吞下最後一口，等待他發表出自內心的感想。

「嗯！好吃耶！」張大介的雙眼，顯得炯炯有神起來。

「真的嗎？」雖然知道我親手做的東西一定好吃，但是聽到讚美，還是忍不住眉開眼笑。

「真的好吃啊！第一次吃到那麼好吃的貢丸哩！」吃下了那顆燒賣後，他這樣認真地說著。

我手抖了一下，不知道該不該繼續夾起第二顆燒賣。

4 晚餐

「爸，我跟你講喔——」晚餐時，我隔著餐桌一本正經地看著老爸。

「甚麼事……？」老爸伸直了手臂，正夾起那片有點焦黑、由我親自下廚所煎的荷包蛋。由於荷包蛋的形狀有點細長，所以他必須放慢速度，才能把那蛋完整無缺地放進自己碗裡。

「你明天早點起來好不好？不要每次快遲到才要出門嘛！」我忍不住抱怨。

但其實今天放學時，看見老爸有在校門口等著載我回家時，對他早上見死不救的氣，就已經消了一大半了。就像人家說的，父女之間是沒有隔夜仇的。

「那妳自己也早點起來啊！妳知道起床這種事很難說的，而且……對了！孩子的媽，沒事不要讓妹妹進廚房嘛。」見老媽端著蘿蔔湯過來，老爸突然轉了話題。

「沒辦法呀！剛煎到一半時有電話響，想說姿瑜剛好經過，才叫她幫忙啊。」老媽一副錯不在己的反駁，把隔熱手套摘下了掛起。

「怎麼了，我煎的蛋有不好吃嗎？」我納悶地看回老爸，不解為甚麼這樣的對話在我每次進廚房後，就會重複一次。

「不會啊！妳做的東西，好吃到都可以拿出去賣了！只是說妳現在還是學生，把空餘的時間利用在讀書上，會更有意義啊！」老爸打包票地曉以大義。

我咬著筷子，細起眼思索他講這話，是否有其他背後的含意。

老爸扒了幾口飯後，轉頭看去擺在客廳內的那台四十吋電視。電視正播放著晚間新聞。

「……桃園市今日清晨，發生了一件銀樓搶案。兩名蒙面歹徒利用老闆早上晨跑，拉開鐵門時的空檔，趁機持刀闖入了店內，並控制住銀樓老闆進行洗劫。被搜刮的金飾價值，將近兩百萬元。根據警方初步研判……」新聞播報內容配合著現場滿地玻璃的畫面，不需要多餘的配樂，便已經很聳動了。

「啊一定是熟人犯案，你看那兩個歹徒如果不是認識的，怎麼會知道老闆的作息，而且他們一進去……」老爸捧著飯碗，投入地開始替警方分析案情。

「哎喲，吃飯啦！又不是搶你。」老媽沒好氣地打斷他。

「……」老爸乖乖地回到餐桌現場，夾了一夾高麗菜，放進他閉上的嘴巴裡；不過碗裡的美味荷包蛋，還是沒有去動它。他好像習慣把好吃的東西，留在最後才吃。

老爸在公家機關工作了十幾年，從他每天回家委靡的精神狀態來看，辦公時應該是滿枯燥的。他是在市政府的水利局上班，但詳細工作內容是怎麼樣的，我倒是不太清楚。就我自己的猜測，應該是早上打卡後，報紙看到中午，午覺可以睡到三點這樣之類的。

「今天學校怎麼樣，妳腳受傷有影響上課嗎？」老媽取得了話題的發球權後，開始問我每天晚餐都會問的事情。

「差不多就是老樣子吧，上課時本來就是坐著……倒是下課時間比較有受影響，很多男生都很好奇地跑來看我打的石膏，還在上面亂畫畫。」其實是到了回家後我才首次注意到，左腳石膏上的塗鴉是多麼引人注目；原本一些同學祝福康復的小留言，都被亂畫蓋了過去，尤其是那幅梵谷自畫像，後來不知又被誰加上了獨眼龍。

「那就好。」老媽滿意地點點頭，好像只聽了我的第一句話。

「唉，講到今天，整個一樓資料處都臭薰薰的，以為是窗外傳來的死老鼠臭味，但是小高翻遍了窗外水溝蓋，都找不到甚麼……」老爸接話，但老媽沒很注意地在聽。

「……現在讓我們來關心一下明天的天氣，首先全台灣還是會像今日一樣的晴朗，所以也請女性朋友們，記得做好防曬的工作。而北台灣部分，最高溫度會維持在三十七度上下……」氣象女主播站在滿是太陽的氣候分布圖前，細心地叮嚀觀眾們。

我抬頭注意了一下新聞，因為一直以來，都不是很喜歡會讓人流汗的天氣，尤其是明天又有體育課。就算是我腳受傷可以在樹下乘涼，但回到教室後，男同學們的汗臭味，一定又是把整個教室薰得悶烘烘的……

嗯？不過一聯想到悶臭這件事，我心裡出現了些異樣感。

「爸，你們的資料處窗戶外面，是不是就是你每次停機車的那個地方？」我之前暑假曾去過水利局，幫老爸送便當，所以依稀有點印象。

「是啊，怎樣？」老爸見我對他的牢騷有興趣，顯得意外。

果然沒錯……我想起了今早出門前，擱在他機車置物箱裡的那包豬絞肉，應該還在原處。在今天這種炙熱的天氣下悶了一整天，不知道會變成甚麼樣的味道？

「嗯……沒有，沒事。」我含起一塊蘿蔔，看回電視。成為淑女的條件之一，是知道要何時保持安靜。

5 名爲默契的遲到

翌日早晨，床頭的鬧鐘對我來說，再次成為了一件裝飾品。當我下樓時，嘴巴咬著水煎包的老爸正匆忙出門，頭也不回地。在正式踏上往學校遲到之路的那一刻，我錶上的時間，比昨天還晚上了兩分鐘四十七秒。

「真美呢。」我不禁脫口讚嘆出，望著滿幕天空的那片蔚藍，幾絲飄渺的浮雲，脫俗得像隨風而上的白羽毛；希望這無邊際的美景，可以把我時間上的憂愁煩惱，一併帶走。小時候的我，很害怕童話《綠野仙蹤》裡，壞女巫指揮來、指揮去的飛猴子手下。但現在，我反而希望天空中可以突然飛出幾隻……嗯，一隻就夠，揮著翅膀把我送向學校大門口。

今天再次睡過頭的原因，其實要歸咎於我對老爸的貼心。昨夜半夜凌晨，我特意熬夜不眠地等待大家睡著，把老爸機車內箱的那袋絞肉處理掉。那袋臭到不應該存在於世上的豬肉，被我穩當地埋進了垃圾桶的最下層。除此之外，老爸原本也在置物箱內的備用雨衣，也是被醃得令人窒息，讓我一併處理了。所幸最近都是晴朗的好天氣，老爸這陣子內，應該是不會需要用到那件雨衣。

當我經過掛著「萬利借款」廣告的電線桿時，地上映入眼簾的紅磚道，扣住了我的注意力。就在我昨天拐杖插進的那條縫隙間上頭，好端端地被安置了……一坨醒目的狗屎。啊，一定是昨天那隻目擊我「唉呦喂呀」的米克斯犬，特地拉在這裡提醒我不要再中陷阱，真是善良又貼心呀！

我左右張望，果然發現了那隻街友犬，正蹲在左前方的矮樹邊搖著尾巴。不過讓我吃了一驚的，是牠旁邊站了一位扶著部陳舊腳踏車的男孩，張大介。

「早……」彼此呆視了片晌後，他先開了口。

「嗯嗯，早安。」我也有禮貌地回應，停下了腳步。兩人於紅磚道上，莫名其妙地在一點也不早的時刻，互道早安。

「呵，那麼巧喔！」這句話作為打破沉默，是絕佳的選擇；但從張大介猛抓頭髮的舉動裡，任何人都只會注意到他的頭很癢。

不過真的是巧合嗎？看著男孩有點僵硬的站姿，為甚麼我有種他已經站了很久的感覺……他是在這裡等我嗎？

「呃，對了，妳今天要不要上來坐？」張大介拍拍後座，伴著輪間生鏽鐵鏈的搖曳聲，像是學校那家小書局門後掛上的風鈴。

「不用了……載了我，又會害你遲到。」想到昨天讓他罰站的事情，我還是很過意不去。低頭的同時，我注意到他褲管，好像有被狗尿濺過的濕漬。

「不會的！今天，我會推快一點。」七班的張大介同學，露著似乎不屬於他的堅毅眼神。

我點了點頭，不知道是因為相信他，還是不相信我自己；悄聲說了「謝謝」後，便再次側坐上那腳踏車的後座。

車輪滾動了起來，我兩手抱緊拐杖，望著張大介推動車身的背影。和昨日比起，雖然還比不上長著翅膀的飛猴，但是身下腳踏車的速度的確快盈了許多。只是輪胎每經幾轉的間隔，張大介就會似有似無地回頭。

「怎麼了嗎？」在他第七次轉頭時，我忍不住問了。不會是在擔心推太快，腳踏車後輪滾走吧？

「沒有啦……只是怕震太抖，妳會坐得不舒服。」張大介擺了張看起來是在微笑的表情，隨後生硬地看回路線前方。

「是喔。」我簡短回應得很平淡，可是腦中卻盤根錯節了起來。怕推太快，我會不舒服？那麼昨天他慢慢推著我走，也是為了同樣的緣故嗎？雖然說對女士溫柔禮貌，是紳士應有的認知，但是第一次真正被這樣對待，卻又覺得好像不是那麼應該……他幹嘛對我那麼好呀？一連串的問號頓時冒出，塞滯了我的思緒。

「為甚麼要對我那麼好……？」腦中最後的問號，被我不知不覺地輕聲脫出口。

「……」張大介依舊看著前方。

沒有回答，只有一旁馬路偶來的喇叭聲。他連轉身的打算都沒有，只是默默推著車，把我和他之間的安靜，一連帶過了好幾個街口。

接近遲到邊緣的白晝時刻，在這平常只有學生會走上的人行道，閒寂地就只有我和張大介兩人的身影。我望著兩腳和車輪轉動的交影，像極了圖畫中，鄉間溪邊幽轉的水車。

到了抵達學校前的最後一個紅綠燈，他遵守交通號誌地在馬路前停下來。忽然想到甚麼似地，他終於看回了我。

「對了，妳剛才說甚麼？」

「……」

「嗯？」

「我剛說，你為甚麼要對我那麼好。」我垮著臉重複了一遍，但是兩人間的氛圍，和第一次開口時截然不同。

「因為你人很好，對我也很好……跟我阿嬤一樣。」這次的他，倒是很快地就回答了出來。

是被稱讚了嗎，為甚麼我一點愉悅的感覺都沒有……？並不是說對他阿嬤有不敬的想法，但是我完全沒意料到，我會在任何方面和老人家畫上等號。

「到了喔！今天不會遲到了。」過了紅燈後同樣的轉角，他讓我下了車。

「……是呀。」想到不需要經過教官的審判，這時我才稍微開心了起來。

6 體育課

體育課時，和我所期盼的一樣，優雅坐在濃密枝葉搖擺的清爽樹下，我捧著學校圖書館借出來的圖文書《伯母好！我是你兒子的男朋友》，恬淡地閱讀。學校圖書館為甚麼會有這本奇妙的藏書，我一點頭緒都沒有。原本我是委託小芊幫我借一些外國文學讀物，但相信她只是隨手抄了一本離門口最近的書。

翻了幾頁後，我發現圖中的文字還滿有意思的。能在這幽靜空間，不受打擾地恣意翻閱，其實我已經很知足了。

「謝姿瑜，奸詐鬼！愛偷懶，啦啦啦！」剛從我身邊跑過的葉大頭，哈哈大笑的癡聲。依照慣例，體育課一開始，全班就要先繞著操場跑滿三圈，跑完老師才會開始正式的體育課程。

我沒去理睬葉大頭，因為如果跟這種長不大的男生認真去計較，就代表了自己的不成熟。

「謝姿瑜，奸詐鬼！愛偷懶，啦啦啦啦！」五分鐘過後，葉大頭拉長的笑聲再次出現，身後還多了兩個擠眉弄眼的幼稚跟班。

「……」喵的，但我忍住了撐起拐杖追上去的衝動；要是第三圈你敢再來，就給我試試看。

操場的另一頭，此時突然響起了群女生興奮的呼喊。

「學長加油！」

「苗學長，我愛你！」

「學長加油唷！」

「呀！」

此起彼落歡呼的聲音，但當然也有不知所云、喪失理智的尖叫聲。我朝那喧嘩聲望過去，籃球場邊擠滿了各班級的激動女生，幾乎完全遮掩了住朝球場裡的視野。雖然看不見，但我知道一定是苗學長帶著籃球校隊，揮著古銅色肌肉上的汗水正進行練習。不過真是誇張呢，又不是金城武來徵女朋友，有必要瘋狂到這個地步嗎？

遠望了一會兒後，我發現小芊的身影也在其中。

基本上，我是一點也不愛湊熱鬧的人，不過在好奇心驅使下，我還是撐起了拐杖，一蹬一蹬地走了過去，想去看看場邊的情況。

「芊，妳在看甚麼？」我湊近到了小芊身邊，有點明知故問地問了她。

「苗學長的籃球隊，準備要分ＡＢ組練習了呀！」

準備要？原來還沒開始……

我挪開了前面的兩個人頭，從縫隙間，終於看清楚了籃球場裡的情形。一個黝黑的籃球隊隊員，已經持球在球框前練習，但是大部分的隊員，仍都還圍著圈圈熱身。至於苗學長，則一人在場外快速點著手機螢幕，感覺是在傳簡訊。

「學長，加油呀！」

「你一定會贏！」

「學長最棒！」

「苗學長！我愛你！」

「加油！加油！」

看著籃球場裡靜悄悄的動靜，我很納悶周遭的人在加油些甚麼。不過關於打著簡訊的苗學長，我則是可以理解，因為籠罩在這樣轟然的音量裡，播電話是不可能聽見任何聲音的。

「對了，妳昨天送過去的燒賣，學長有吃嗎？」我想起昨天的烹飪。

「別提了……我好不容易搶到了前面，結果苗學長竟然說，他最近吃燒賣吃得好膩，拒絕了我拿去的點心。結果去打聽後，我才知道原來三班的女生她們，上禮拜就已經做過了燒賣，真是一群三八婆……」小芊碎碎唸地，盯著觀眾圈裡的一團女生，二年三班的。

「是喔？那她們真的是很可惡。」配合小芊肅殺的眼神，我噘起了嘴，詮釋出對方千萬不應該的表情。不過一想到昨日張大介吃過的感想，我們這組的燒賣……小芊若講說是貢丸送去，學長搞不好就會感到新鮮而收下吃了。

「嗯……那苗學長在等甚麼呢，怎麼不下去一起熱身？」我嘗試轉移小芊忿忿的注意力。

「好像是密集練習得太嚴了，球隊裡有好多人都請了假在家休息。現在的人數根本不夠分成兩隊打，學長應該在催他們趕來。」小芊配合四周，放大了聲音讓我能聽清楚。

原來是這樣。高中籃球全國大賽的決戰，好像再兩週就要開始了。在苗學長求好心切下，籃球隊的練習越來越密集，只是他的鐵腕政策似乎造成了反效果。我數了一數，場裡的隊員只有八個人。

場邊聚集的觀眾越來越多，但是苗學長臉上的慍色，則是越來越沉重。沒兩分鐘後，他突然揮了揮手，擠開人群走出了籃球場。

「學長加油！學長加油！」

「呀！學長好帥！」

「苗學長，我愛你！」

女生們仍興奮呼喊著，只是視線換了個方向。茫然對著這景象，我完全不了解現在是甚麼狀況。催不到人來，苗學長是不是生氣不打了？

不過場邊的粉絲迷們，很明顯的比我更了解她們的偶像。苗學長並沒有嘔氣離開，他跨進了操場中央，對正在上排球課的一群別班同學，比手畫腳了一番。隨後其中兩位較高的男生，便跟著苗學長的後頭，一同回到了籃球場。原來苗學長是去徵招臨時的練習人手。

當他們三人穿越人群時進來，我突然一怔，怎麼後面的兩個男生會是我見過的!?其中一位，竟是昨天碰見的那個張姓平頭男；另一位，則是表現出手足無措精髓的張大介。

原來那群正在打排球的班級，是二年七班的同學；剛剛在樹下，我一直都沒有發現……

知道張大介是被挑上練習的其中一員後，我沒緣由地替他緊張了起來。張大介雖然不矮，可是他會不會打籃球呀？而且其實他的存在感應該是很薄弱的，若是沒經過巧遇，我一定不會察覺他在本校出現過。茫茫人海中，苗學長怎麼會那麼湊巧點中他？大家常說「是福不是禍，是禍躲不過」，這會不會是不好的徵兆呢……？順便一提，我對苗學長雖然完全沒有愛慕感，但就他觀察細微事物的眼力，倒是有了些欽佩。

「要開始了！要開始了！苗學長加油！」小芊紅咚咚的臉頰，振奮了起來。

場內湊齊了十個球員後，他們很快地分成了AB兩隊。新進的臨時打手，也就是兩位二年七班的張同學，被分配到了與苗學長不同的B隊。

「嗶！」充當裁判的一位同學站進場中央，響起了哨聲；籃球，被拋上了跳球區的天空。

那顆橘橙橙的塑皮圓體，像極了藍天下的另一球太陽，在掛在最高點時停止了運轉；隨後，在數百雙眼注目下，急驟地墜落。屏息聲未止中，苗學長在空中牢牢接住了隊友所撥來的跳球，快速進攻到對手的禁區裡，連閃過兩人後輕鬆地扣籃得分。僅僅數秒內，他一氣呵成的動作，在我發現比賽開始前就進了第一球。

「嘩！」全場一致的歡呼聲，合體成了一個「嘩」字。

「哇！學長我愛你！」小芊扯開嗓音，入境隨俗地不打算輸人，跟周遭女生一起陷入了崇拜的瘋狂。

稍微體會到那顆籃球能觸發的刺激感後，我看回了場內的張大介。完全不受矚目的那個黯然角落裡，他搔著頭，似乎比我還慢察覺到比賽的開始。

同學，快進入狀況呀！我跟著場邊的觀眾一起鼓掌，但是望著的是張大介的那個角落。

進行時間在兩節過後，比分呈一面倒的局勢。根據小芊的說法，目前比數是苗學長三十七分對B隊十二分。我不太懂籃球，但光看苗學長毫無虛發的射球命中率，以及帶動攻勢的戰術指揮能力，他明顯是一個很厲害的球員。看過他實場表演後，我終於理解為甚麼有那麼多女生和些許男生替他癡狂。至於張大介……他目前還像連籃球的邊都還沒碰上。從客觀和主觀的角度來說，他和那位張姓平頭男最大的功能，好像真的就是湊人數。

「苗學長好帥！」

「學長最厲害！我們愛你！」

場周邊女生的尖叫聲，一直沒少過，但司空見慣的苗學長，注意力從沒離開過籃球場內。倒是跟他同隊的幾個A隊球員，總是精神抖擻地開心揮手，以回應眾女生的加油聲。球場果然是一個充滿美好幻想的地方，不論是對球迷或是球員來說。

當我對B隊球員痛遭屠殺的慘狀不忍再看下去時，一顆A隊射籃沒中的彈跳球，不偏不倚地落進了籃板旁的張大介手中。握著球的他，對手上突然出現的物體感到納悶。

「加油呀！張大介！」

不知哪裡冒出的激動，讓我朝他方向大聲地吶喊。

「張大介！加油！快射籃呀！」

我著急地繼續大喊道，想提醒他快脫離無我的發呆境界中，完全忘了自己夾處在「苗學長情敵共存合作會」的會員們裡。

張大介驚悟般地抬了頭，從那與旁人不一致的加油聲裡，發現了場外對他呼喊的我。終於，他覺醒了！回神到現實中，出現了動作。

「嗨！」直挺挺的張大介，傻笑張臂地對我大力揮起手。

對他天外飛來的熱情招呼，我差一點撐不住拐杖摔倒……甚麼「嗨」，趕快投球啦！

「機會」這種東西，真是稍縱即逝。沒讓張大介持球的時間影響到比賽節奏，苗學長一跨步，神速地挨近，把他手上籃球拍了掉。不過球這一彈跳，竟然改落入了七班的那位平頭男跟前。和布景般的張大介不同，從比賽開始他就滿場跑，像極了隻追著兔子的英國獵犬，儘管一直也是沒接觸到球際的緣分。積極的他，見到這適逢其會的來球，毫不猶豫地大手撈起，「咻」的一聲，漂亮地射進了籃框裡。

原來，七班另一位張姓男同學還滿厲害的嘛？

「白癡啊！你幹嘛射我們自己的籃板！」

「智障喔你，搞屁呀！」

但是那一記得分射籃，似乎沒得到任何隊友的讚賞。反倒是他這一射，對手得分板平白無故多得了兩分。一路被壓著打的B隊球員，把開賽來的怨氣，一股腦地發洩罵在了平頭男身上。我捏緊嘴唇流著冷汗，心想好險張大介剛沒聽我的話，在自己的場裡出手射籃……

「苗學長！漂亮！」

「哇！好棒的助攻！」

周邊觀眾又開始鼓譟，把這得分功勞盲目地全算到了苗學長帳上。不過實際的情形好像也是這樣？如果苗學長沒把球從張大介手上拍走，平頭男就沒機會可以幫A隊得分。

喧鬧的籃球場，處於和高漲艷陽相若的氣溫裡，不過輕易被奪走球的張大介，卻好似被寒冬冰雪圍繞住般的失落。

比賽仍繼續進行，只是明明是輪到B隊的反擊時刻，攻勢卻在兩秒內一個短距離的傳球中，再次回到了苗學長手上。

「加油！沒關係！」我大聲加油替張大介打氣，希望他不要因為剛才的表現氣餒。

張大介望著我，點了點頭。

「加油」這個名詞，其實我從國中開始就一直很疑惑。它是車子需要加汽油的意思呢？還是說是開車踩油門的那個加油？我猜張大介也不知道，可是從他接下來的動作裡，我的心意似乎被充分感應到了。

腳步不再黏在球場水泥地上的張大介，速度……突然變得飛快。

他極快地衝刺，奔進了A隊的進攻隊形裡，將苗學長傳出給隊友的球攔截了下來。並沒有能控制住球，但是他確實把那顆籃球，拍離了原來的行進軌道。張大介的身形，雖然遠不及苗學長那充滿流線感的精實肌肉，不過從苗學長錯愕的反應中，他明顯地被張大介那箭步，嚇了一大跳。

被拍開的籃球，彈跳到處於張大介和苗學長間的距離中點。兩人的眼神，同時落在了那顆籃球上。

「學長加油！加油！」「苗學長情敵共存會社」成員們響聲如雷的加油聲，此時響徹了整個校園。她們心目中的偶像，在比賽開始後首次面臨了競爭的威脅。

「張大介！加油！」儘管清楚我微不足道的吶喊，是這裡唯一支持那名字的聲音，我仍是一遍又一遍地，把那被淹沒的加油聲，聲嘶力竭地高喊出來。

張大介和苗學長伸出的掌心，此刻同時接觸到了籃球的表面。兩人隨後而至的另一隻手，也不分軒輊地一起跟上，形成了純粹用蠻力搶奪的局面。

「學長你一定會贏！加油！」小芊緊握住我的手。

「張大介加油呀！」我也緊握住小芊的手。

場邊數百名觀眾中，沒人知道這顆球究竟會被誰奪下。

「嚇！」七班的張姓平頭男，大喝一聲。

突然，全場進入啞然無聲的寂靜。

插花加入奪球戰局的平頭男，在眾目睽睽中，沒來頭地出現在苗學長身後，朝他跨下狠狠地猛踢上了一腳。重要部位毫無防備地被重擊後，苗學長頓時翻白魚眼，倒在場裡失去了意識。

「你瘋啦！幹嘛踢人下面！」離慘案最近的一位A隊球員，趕緊衝前把兇手架開。

「那球都他在玩就好啦！我們都不用玩喔!?」混亂中被拉離現場的平頭男，

振振有詞地想讓大家明白他的道理，但是沒有人想去明白。

在眾人合力抬起後，苗學長被送進了學校的保健室。大部分心疼的女生，都湧上了保健室走廊外觀望。剩下在籃球場邊的，則都帶著殺氣。

「芊，那個踢人的男生……明天應該會被妳們抓去填海吧？」我不安地望著平頭男，他應該不知道那一腳，已經把自己逼入了人生的絕境。

「拜託，不會好嗎，這裡是學校耶。」小芊異常地冷靜。

嗯，也是……所幸我們學校不是黑社會。那個平頭男雖然真的少了根筋，但還命不該絕。

「頂多就是每個人朝他那裡，補一腳還他吧？」小芊淺笑著，但身後籠罩了一股黑氣。剛才球場邊的女生，至少有兩百多人……那這樣填海好像還仁慈一些？

「對了，妳剛加油時喊甚麼？」小芊陪著我，慢慢走回那棵陰涼的大樹下。除了我，沒人發現她操場三圈沒跑完的事。

「我喊，大……家加油。」

人潮漸漸散去，但當我回頭時，張大介仍抱著那顆籃球，傻傻地站在場裡。

7 不能騎的腳踏車

第三天清晨再次見面時，我和張大介兩人都很有默契地會心一笑。一樣的地點，不過他刻意站離了電線桿三步的距離。

「昨天……謝謝妳，妳是幫我加油嗎？」張大介牽近腳踏車，抓了抓嘴角。

「呵，你真的有聽到喔？我還想說聲音太小聽不見。」我吐了舌頭，望著他緩緩推到我面前的鐵馬後座。

「啊，對了！我今天有帶這個，先等我一下。」邀我上車前，張大介從綁在書包上，紅白相間的透明塑膠袋裡，拉出了一條素藍色的大毛巾。他幫毛巾翻了兩摺，穩當地鋪在腳踏車後座後，說道：「好了，這樣屁股應該比較不會痛。」

我抿嘴不發一語，蹬上了那升級後的豪華座椅，發現到……那椅子其實還是滿硬的，但是心中卻感受到一股冒出的暖意，或明白地說，就是微妙的感動。

「其實不用特地幫我加油啦……因為學長來找我們時，也說不會打籃球沒關係，站在那邊當人牆就好，他們主要是想練習剛討論出來的進攻戰術。」張大介推動改裝後但仍不能騎的腳踏車，正式上路。

原來，他們真的就是被要求當樹木？

「張大介，我可以問你一個問題嗎？」第一次對他喊出他的名字，因為我有一個壓抑很久想明白的疑問。

「喔，問啊！」他爽快回答，不過稍帶詫異的眼神，或許是吃驚我怎麼會知道他制服上繡的那三個字。

「這台腳踏車……怎麼不把它修好啊，不然天天牽著上學不是會更慢？」

「沒修好沒關係啊，因為本來就不是要拿來騎的。因為早上要先載豆腐去菜市場，所以才會順便牽去學校。豆腐架堆得很高，如果用騎的，反而會擔心後面倒下來。」

原來，那第一天就聞到的淺淡氣味，是豆腐呀？我恍然大悟。

「本來都是阿嬤自己推去市場賣的……但她身體最近不太好，凌晨做好豆腐，若還要跑那麼遠趕去市場就太累了。所以我要阿嬤在家休息，早上由我送去，託隔壁認識的青菜攤阿姨寄賣，放學後我再去收空架子。」見我靜靜專心聽著，張大介也毫無芥蒂地，把家中事情分享讓我知道。

「好辛苦喔。」看著張大介孝順的背影，我不知怎地覺得心疼。尤其是最近推完了豆腐去菜市場，還要再推我去學校。

「還好啦……只是有時候時間抓不準，太晚離開市場的話，上學可能就會遲到。」他臉上掛著的尷尬表情，我很能理解。遲到這種事，最困難的就是進教室後，還要對同學們編個比較神聖的理由。

「嗯，不過看樣子，我們今天不會遲到喔！」手錶上，顯示我們還有綽綽有餘的七分鐘；我把這個好消息報給張大介知道。不過我沒發覺到的是，在這時間更充裕的上學路上，不再是只有我和張大介兩人的身影。

突然間，透過張大介手臂下的空隙，我注意了到五公尺前，有個人正朝著和我們相同的方向前進。而前面那個人……是我的同班同學，孫雅婷！

雅婷人雖然還不錯，但想像力是異於常人的豐富。之前地理老師只是因為去捐血後，拿了瓶免費牛奶很開心。但是透過孫雅婷的重新編譯，傳成了地理老師得了絕症。老婆帶著小孩離他而去，經濟拮据的他，只好去當血牛賣血，一天只能喝一瓶牛奶果腹。聽聞後，當時班上同學在上地理課時，不再是一片沉睡森林的景象，且都投注了不意間流露出的同情眼神。儘管不知情的地理老師，對我們大家突然專心聽講，感到相當滿足。

不行，為了我冰清玉潔的聲譽！我絕對不能讓孫雅婷發現……有男生載我上學。想到這，我毫不猶豫地把臉塞進了腿上的書包，希望能隱藏自己的蹤影。

只是側坐的我，全然沒想到重力加速度下，這一彎身就讓我整個人失去平衡，一溜煙地滾下腳踏車，像豆腐一樣地栽在人行道上。

「唉喲……」我忍住之後哀嚎的音節，酸楚地抱著額頭。

「怎麼了!?妳還好吧？」張大介被我出乎意料的落體表演亂了手腳，任由腳踏車跌在路邊，慌忙蹲下關心我的傷勢。

「沒事……我沒事……」仍眼冒金星的我，吃力地在張大介幫忙下，扶起了拐杖。

我檢查四肢，並沒有甚麼擦傷，只有頭上正發芽的小包。不過最重要的，是我摔得夠俐落輕巧，沒驚動孫雅婷轉身查看這場意外。

「對不起！都怪我車牽得太快了，讓妳摔了下來！」張大介驚慌顫抖的嘴角，充斥了自責的意味。

「不是啦，不是你的關係。是剛才害怕被同學撞見我在你腳踏車上，自己笨，摔下來的……」我趕緊解釋。

但這句解釋，好像讓他變得更難受。

「害怕被看見，是因為知道了……我都拿這台腳踏車載豆腐的關係嗎？」張大介濃厚的眉毛毫無生氣地垂落下，語帶失望。

「沒有，不是這樣的，我只是……」我急切地想說些甚麼，可是語塞。

剩下的兩個路口，我們都沒再交談。一直到抵達學校門口前，我還是沒能想出，該在那「只是」之後接些甚麼。

隔天上學途中，那椿熟悉的電線桿旁，只有澆著花的米克斯犬，沒見到張大介的身影。我想那句話……應該傷害到他了。

8 木頭或石頭

「芊，怎麼辦？我好像講了非常差勁的話，傷害到人了……」張大介沒出現的那個午休時刻，我憂愁滿面地對小芊懊悔。

「傷害到誰？妳是指上次對蕭亞藤講，當畫家會餓死的事情嗎？」小芊闔上便當，不過裡面其實還有一半的菜沒吃完。

「不是啦……」我很確信那話沒有傷害到蕭亞藤，因為他有回應說，畫家本來就要等死透了以後，畫才會值錢。

「還是妳在說，地理老師頭太亮，影響我們抄黑板的事？」

「也不是，而且那個話是妳講的好不好……」胡蘿蔔在我湯匙上停了很久，但一直沒心情去吃。

「那到底是誰啦？」

「就是……一個男生朋友。」胡蘿蔔在我湯匙上滾了下來，跌進了花椰菜們的懷抱。

「謝姿瑜！妳談戀愛了!?妳現在才跟我講？」小芊睜大雙眼。

「不是啦！妳小聲一點。只是一個剛認識的學校朋友，而且我們算不算是朋友，我都還不確定。」我食指比上嘴，示意她放低音量。

「是誰？是誰？」她興奮地把臉貼近，左顧右盼著。

「妳不認識啦，是七班一個很不顯眼的男生。」我想起小芊在那天籃球練習時其實有見到，不過她應該沒看進眼裡。

「他是怎樣的人啊，帥嗎？」小芊好奇地追問。

「唔……不算帥，如果講個性的話，算是有點木訥的那種吧。」其實想不起張大介臉上的特徵，而且我也了解就小芊而言，「帥」是苗學長專用的形容詞。

「哈，木訥喔？妳是指像木頭那種，還是像石頭那種木訥？」

「木頭和石頭……有差別嗎？」我狐疑。

「當然有呀！木頭的話，持續受到陽光照射，幾十年後，還會產生反應轉向。石頭的話，就是再久都不會有動作啊，那種交往就很辛苦。」一副過來人的表情。雖然除了單戀學長外，小芊也從來沒過男朋友。

「我們不是在交往啦！妳幹嘛一直想歪？」

「唉，妳會有這個煩惱，就代表妳們一定有曖昧關係啊！不是他喜歡妳，就是妳喜歡他吧？」故作神祕的小芊，說得像塔羅牌算命師。

「不跟妳說了啦……」我邊假裝生氣，邊收起自己的便當，但對於剛才講的話卻有點動搖。

我和張大介，到底有沒有曖昧關係？有的話……是他喜歡我，還是我喜歡他呢？他現在除了載我上學，從沒有其他表示。追求不是要送玫瑰花、約看電影這些的嗎……？再說，他好像就連我的名字是甚麼，都還不知道。可是我又不可能主動喜歡上他呀！要也是他先追我，覺得滿意以後，我才能喜歡上他的吧？趴著睡午覺時，我腦裡持續翻轉著這些迷宮裡的問題。

9 課本下的心意

週五的晚餐過後，雖然夜色是那麼寧靜地沉澱著，但一波不對稱的滿溢情緒，洶湧澎湃地，在我書房和心房內流動。

小芊中午講的話，依然在我胸際迴盪，讓我不禁感到事情的嚴重性。

「嗯，兔子，問你喔……這種感覺，會不會真的是喜歡上一個人？」扭過頭，我問了躺在床邊的一隻兔子。那是五歲時，聖誕老人送給我的大型布偶。

「吽，不是啦！妳只是晚上的羊肉炒芹菜吃太多。」兔子想說，不過並沒有這樣回答，因為它嘴巴被兩條交叉的紅線給縫住了。

其實我也沒有期盼兔子能給我甚麼可靠的意見。這件事，必須靠我自己的智慧去釐清。而要去釐清，首先就要消除張大介和我之間的誤會，並且給他機會讓他跟我做朋友……

打定了主意後，我從桌子抽屜翻出一份從沒有用過的信紙，打算寫一封對張大介表示感謝的友情信。這疊信紙是我國中時，為了啟程離開這個家，想留給老爸老媽些感謝的道別話而準備的。那時雖然很感激他們的養育之恩，但是我更想回到親生父王所統治的希羅聖娜王國，恢復我歐麗希爾‧庫荷姆公主的身分。只是後來一個字也寫不出來，並且發現了老爸老媽原來就是我的親生父母，於是我還是繼續地，留在這棟房子裡。

下了筆，我在信紙上抒發出今天思考一整天的總結，寫著生平第一封半正式書信，避免自己被憋住的情緒悶死。寫這種信，是一門很深奧的藝術；因為既要把真誠的想法表達出，卻又不能寫得很三八做作，跟國文課寫作文的道理完全相反。除此之外，也一定要小心用字，避免張大介誤認這是一封情書……

「……離我們巧遇，才僅僅一個禮拜，但是總覺得我們彼此，好像認識好久好久了。我們，應該算是朋友了嗎？（希望你不要介意我這麼想）。雖然每天相處，只有那短暫的十幾分鐘，不過卻是我一整天，最珍惜的一段時間。希望我們這段情誼，可以一直持續下去，不被任何事物給打斷……」

寫到這兒時，我滿意地點點頭，確認了目前為止，還沒寫出任何象徵癡女的字眼出現。正當我再次動筆時，身後房門貿然地被打開，寫到一半的我趕緊縮身，把信紙蓋在早準備好的英文課本下。

「妳看妳！上個月的電話費又打了多少！就跟妳講，給妳辦手機是方便聯絡用，不是用來跟同學聊天浪費時間！這張帳單妳自己用零用錢繳！」老媽抓著今天收到的電話帳單，指著五百三十八元的應付金額興師問罪。

五百三十八呀……為甚麼那麼不雅的數字，會跟洋溢文藝內涵的我扯上關係呢？

此時，如果用「我要和小芊討論功課，可是家裡電話妳一直佔線」或「我就說不要用一八三的費率了，妳又不肯」的答案回應，我相信絕對會激起老媽牌桌上的鬥志，讓她翻出厚厚的舊帳本應戰，甚至把老爸臭襪子愛亂丟的事情，都算到我頭上審罪。

「好。」我柔順地應允，知道此時回話切忌超過一個用字。我計畫上大學前，要寫完《妳，也能當個乖巧的好女兒！》這本書。

退一步，海闊天空。

老媽在把帳單擱在我書桌上後，果然就像神燈巨人般消失於煙霧中，趁廣告結束前下樓去看電視了。

哎呀，剛寫到哪裡了……？我拉下課本，回到信紙上被打斷的段落。

「……不被任何事物給打斷。我們之間，偶爾的言語互動，沒有像彩虹一樣多采多姿，但卻讓我有走上彩虹橋的喜悅。希望未來，我們能有機會，可以一起分享更多生活上的點點滴滴。寫這封信，除了要感謝你這陣子的幫忙，更想知道，等我的腳好以後，你還願不願意讓我在微風下，陪你推著那台不能騎的腳踏車？」

沉浸在滿意的傻笑中，我用了一個問號，取代這封書信最後的句點。

「妹妹，妳要不要陪我打網球？」九點零一分，老媽的八點檔一結束，煞風景的門又被打開。講話的男人握著 Wii 手把，甩了記漂亮的揮拍動作。

「爸，現在不行啦！我在讀書……」混亂中，我再次抄起英文課本做掩護，鎮定地背著單字。

家裡的這台 Wii 電動遊戲機，是老媽前幾年在百貨公司週年慶抽到的獎品。本想說送給小表弟，但老爸堅持要留下來讓我玩，雖然絕大部分的時間，都是他拉著我去陪他玩。

「妹妹，考高分重要，還是陪家人打電動重要？」不甘心的他，嚴肅問了我；老爸以為我跛腳的時候會比較弱，今天特別堅持。平常和他玩網球遊戲，如果打十場，我大約能贏九場，其中輸的那一場，可能還是老爸趁我休息去喝水時，自己偷幫我押了開始。

「好啦……那你先去開機。」拿著上下顛倒的課本，我無奈說道。

趁網球王子暫時離去的空檔，我把夾在課本下，那封充溢情感的簡信，摺進粉橘色的小信封裡，寫上「張大介」收，期待下週一時親手交給他。

10 禮拜天

惺忪撐開眼皮的時刻，鬧鐘正指上九點零五分。

我滿足地伸了個小懶腰，沒湧上任何對教官的惶恐。陽光絢麗、鳥語呢喃的禮拜天，一切都顯得那麼悠哉曼妙。

在樓下餐桌上，留了一張老媽手寫「冰箱有水餃，中午自己熱來吃」的紙條。今早老爸老媽六點不到就離開家門，他們昨晚和大姑姑相約了要去戶外登山。

我靠在桌椅邊思忖，今天該做甚麼好呢？雖然性情文靜的我，可以考慮把書櫃上那一大盒拼圖耐心完成，但想到又要在椅子上呆坐一整天，就有點按捺不住。況且那盒拼圖已經遺失了好幾塊，若拼完也是只能見到圖景的殘缺美，所以……還是由它去好了，不如來做些更有意義的事情吧。嗯，出門去逛街！

晃到客廳的我拿起電話，指頭在鍵盤上游移，卻打不定主意。我想起小芊每個禮拜天，都要去音樂教室練習小提琴，美華又在和家教男朋友熱戀中。能不介意被我石膏腿拖累、恣意一起逛街的，暫時好像還想不到其他人選……

「啊不然就再睡覺嘛！妳一直走來走去的很吵哩？」回到房間後，懶惰的兔子仍在被窩裡賴著咕噥，一丁點準備起床的前奏都沒有。認真考慮採取它的建議之前，我翻了開書包內的一本小筆記冊；那是專門用來記載我未完成事項的備忘錄。

「幫爹買雨衣」上一週仍未用紅線畫去的筆跡，只剩下這一欄。

老爸因臭味被我塞進垃圾桶的那件雨衣，是當初我和老媽一起到一家叫東德行的騎士用品專門店買的。當時老媽會買下，是因為看見那雨衣包裝上註明了「專利透氣孔設計。夜間反光安全條。禦寒保暖。堅韌耐用」和勝負要素，一百九十九塊的特價標籤。

東德行呀……勾畫著那店面的地點時，我想起了附近似乎有一處傳統菜市場，而那也是我唯一知道的一家菜市場。如果去買雨衣，順路繞去菜市場……會不會有機會碰巧遇見張大介呢？念頭一起，我便趕緊換了外出服，否則那封信要等到禮拜一才能讓他看見，也實在太久太久了。

把粉橘色的小信封放進背包，梳理整裝完畢後，舉步維艱但孝順的我，便一步步踏上替老爸買雨衣的路途。

豔日高照下，在腦海盤算中並不遙遠的騎士用品專門店，划了我整整一個小時的拐杖，才見到招牌。

「老闆，你們有一件特價一百九十九元、深藍色的雨衣擺在哪裡呢？」抵達東德行時，我在店內尋遍不見老爸那件同款雨衣，開口問了櫃台前抽菸的老闆。

「特價一百九十九元的？沒有啦！哪有那麼便宜的！」老闆一副我呼嚨他的語氣，大小眼來回瞪在我臉上。

「有呀……幾個月前我和我媽一起來買的，那個時候就擺在門口的大紙箱裡面。」天生怕壞人的我，後退了兩步後據理力爭。

「唔……之前門口的紙箱喔？拜託咧！那些雨衣是塑膠變質的劣質品，才隨便賣的啦！我們那麼有商業道德，現在不賣那些了啦！」事過境遷的口吻，彷彿他在這幾個月內已皈依佛門，成為了一位童叟無欺的誠實商人。

「那接下來最便宜的雨衣，要多少錢呀？」不想逼迫他背叛良心，不過臨時出門的我，皮包裡並沒有帶上太多錢。

「最便宜的喔？好啦，等我找一下。」老闆到店內倉庫，翻出了一件滿是灰塵的包裝袋，遞上對我講道：「這件啦！日本原裝進口的流行雨衣喔！賠本算妳三百塊就好！」

包裝袋上面，是幅粉紅色的鮮艷圖案，裡頭是隻帶著招牌微笑的美樂蒂娃娃。不過稍後，我馬上意識到這件所謂的日本進口雨衣，更像是柬埔寨地攤的廉價仿冒品。上頭原是『My Melody』的英文，寫成了『My Melony』，而取代美樂蒂兔耳的是一副豬耳，微笑的嘴上，更長出了兩顆門牙。這想騙誰呀……

「老闆，這件……可不可以算便宜一點呀？」錢包裡正好只帶三百塊的我，也沒有選擇更好品質的餘地。

「好啦！好啦！就再便宜一點算給妳，那麼小就會殺價喔！不過以後要多介紹同學來買啊！」他接過我的三百塊鈔票後，在我掌心放上了枚銅板，一塊錢。

離開了東德行，緊握掌裡剩餘的一塊錢硬幣，我知道原本打算去便利商店買紅豆芝麻麵包的計畫，無法達成了。儘管遺憾，我仍沒忘卻今日此行最重要的目的。如果沒記錯的話，左轉過了這兩個街頭，就可以到達菜市場了！

我滿心期待，轉過了那兩個街頭，又越過了五個路口，再經過三條從沒走過的巷子……終於，歷經了另外的一個半小時，我回到了東德行的門口。

上衣濕透背心的我，雖仍不知道菜市場在哪個方位，卻依稀覺得那裡離我越來越遙遠了。若拿老爸老媽的登山之旅相比，現在的我，已經接近山難邊緣。

絕望中，身後出現了救星。我聽見從背後依近的嘰喳鐵鏈聲，那是腳踏車的聲音！興奮回頭後，我見到一位吃力踩著單車，汗流浹背、五十來歲的警察伯伯。

「警察先生！請問這附近的菜市場在哪裡？」我用拐杖攔住這位人民保母的去路，擋在車頭前；感覺這個時候，不管是誰都相當可靠。

「！！」他見突然有人襲來，馬上凌厲地將手伸向配槍的皮套。不過在發現袋內裝著的是副老花眼鏡後，他緩緩戴上，認清楚了眼前，只是位毫無威脅、楚楚可憐的美少女。

「那個，菜市場……就這邊過去兩個街口，右轉就到了。」警察伯伯恢復了冷靜，指向我剛路過的方向。

原來，是右轉……我眼角泛出的淚光，像迷途知返的彗星般閃耀。

11 菜市場

踩上了這名為「菜市場」的秘境，我知道真正的冒險才即將開始。

映入眼簾的集市，整條街只能用褊狹來形容的寬度裡，卻包羅萬象地比百貨公司更名副其實。跨過了差一點把我絆倒的現削甘蔗攤後，左手邊是香味撲鼻的肉鬆、魚鬆鋪子，右手邊，則是明顯來打對台的榴槤水果攤。再過去些的一家攤位，僅僅兩公尺寬的桌面隔了對半；左側擺滿了戰鬥陀螺之類的男孩子玩具，右側擺飾的，卻是完全沒市場關聯的Nu Bra.。

乍看之下，這些沒有分門別類的攤位順序，會讓第一次來菜市場的人無所適從。可是從另一個角度來說，每走一步卻也都是驚奇；你永遠不知道接下來會碰見的，是「想要」或是「需要」。

我從有印象以來，第一次到達菜市場是這樣雀躍的心情。老媽很少上菜市場買東西，除非有順路經過附近。就算是小時候外公外婆帶上我來，大多數的時間，我也是在摩托車上被夾在他們中間，從來沒有過機會，能獨自探索這條五花六色的街巷。

市場內，忙碌採買的阿姨大嬸叔伯們，誰也沒注意到我的存在，但我卻不敢少看任何一張面孔，深怕漏失了張大介的身影。其實張大介送豆腐來的地方，是不是這處菜市場，我一點底都沒有；尤其是在這人來人往的湧潮裡，更讓我有大海撈針的迷惘。

可是我相信，只要堅持目標，我一定能找到他……

「哇！老闆娘，這件真的只要兩百塊？」眼邊一家服飾攤位，轉移了我的注意力。我看著鐵架上一件掛起的波希米亞風長裙，不可置信標價上的低額數目。

「嘿啊！全部都兩百！小妹妳多買幾件，我還可以算妳便宜喔！」拿著大葉扇的老練老闆娘回答道。

「真的嗎？那我看一下……」

上個月我和表姐逛西門町時，見過這條看似一模一樣的長裙，原價是九百元，打折後也都還要六百三十元！我摸了摸材質觸感，一點兒也不比上次看見的那條差。只是想起我身上僅剩的一塊錢，現在就真只能看一下而已了。

惆悵地離開服飾攤位後，我並沒有忘記此行的目的，只是發現一家賣小飾品的鋪攤後，我又忍不住湊了過去。

「這面鏡子多少錢呀？」我指著一面包著純白色皮革、雕了小碎鑽的桌鏡，愛不釋手地開口問了顧攤大嬸。

我一直覺得書桌上，好像少了甚麼東西，原來就是這面能襯托我氣質的鏡子！當然我不會像白雪公主裡的後母一樣自戀，整天愛問鏡子，「天底下誰是最美的女人」。我美這件事，自己知道就夠了。

「本來都是賣五百，但是如果妳真的喜歡話，就算妳三百塊啦！」大嬸阿莎力的眼神一擺，讓我連殺價的功夫都省了。

聽到價錢，我突然有股衝動，想把包包裡的美樂蒂雨衣和一元硬幣掏出，拜託大嬸收下換給我這面小桌鏡。

但是我並沒有失去理智……要在這光天化日下，拿出那件擺明盜版的仿製雨衣，我實在沒勇氣做到。

忍痛離開那面鏡子的一路上，我一邊注意兩邊是否還有我需要的飾件商品，一邊在心中默算，下次來需要帶多少錢。菜市場真是個深淵呀，明明是這樣樸實的地方，卻有著讓人想不斷掏錢的魔力。

走到了市集末端，我發現打著石膏的那條腿，黏上了兩片菜葉。正想用拐杖把葉片撥走時，我才依稀想起，好像迷失了甚麼？

對了……張大介，我是來找張大介的！

我猛然回頭，但對剛逝去的時間和距離有多少，一點概念都沒有。可是剛媳美夢遊的意識中，好像也沒見到豆腐攤？我會不會是真的來錯了地方……張大介根本不是來這兒送豆腐的？

不過仔細回想，張大介好像是說他的豆腐，是委託一位賣菜攤的阿姨寄賣。假日不用上課的時間，也是這樣嗎？

把握了任何細微的線索，回神後的我開始注意街上賣蔬菜、且是女性顧店的攤位。在不過百步的過程中，經過篩選出現了二十八家。

要一家一家問嗎？我掩著鼻，站在鹹魚乾攤的前面思索。

「小姐，妳在幹嘛!?妳不買不要擋在這妨礙別人買嘛！」鹹魚攤乾的歐吉桑老闆，哼著鼻孔頗不悅。

「對不起，我只是想說要找人……不是故意要擋在這的。」我趕緊退開，放下手道歉。

「……跟妳媽還是家人走不見了喔？」見我肯悔改，歐吉桑也不是那麼不近人情。

「不是啦，我是來找一家賣豆腐的……阿伯你知不知道，這裡有一個常用腳踏車推豆腐來，年紀跟我差不多的男生？」

「妳是在說……那個大介喔？」

「對對對！那個大介！張大介！」驚喜交集的我連忙點頭。

「喂！邱！那個大介咧？」歐吉桑幫我喊向斜對面的蔬果攤，詢問一位戴著斗笠的中年婦人。

「他今天沒來啦！幹嘛!?」不輸歐吉桑的嗓門，那婦人喊了回來。

「甚麼幹嘛！這位小姐找他啦！」

婦人聽見，抬起斗笠下的犀利眼神，開始打量我這位撐著拐杖、突兀出現在菜市場的女孩。

「哎呀！貢丸妹！妳是貢丸妹對不對!?」半晌過後，她恍然大悟地拍手，強而有力地，把周遭攤販的注意力都集中了過來。

「喔喔！妳就是那個大介的貢丸妹喔!?」鹹魚乾歐吉桑跟著咧嘴笑起。

貢丸妹？甚麼貢丸妹!?我傻在中間，對這突如其來的稱號發愣。

「唉來啦！貢丸妹來啦！讓阿姨看一下！」那蔬果攤婦人招了我過去。

「阿姨……妳也認識張大介嗎？」並不是承認了「貢丸妹」的綽號，我面紅耳赤地詢問。

「甚麼認識，大介阿嬤本來的豆腐攤位，就在我這旁邊啊！他我從小看著長大的耶！妳跟著他叫我小邱阿姨啦！他常常提起妳呀！說妳腿受傷，又講妳做的貢丸說多好吃就有多好吃。」自稱為小邱阿姨的婦人眉開眼笑，熱情拉了張紅色板凳給我。

我隱約推測出那「貢丸妹」的綽號是哪裡來的了。只是這筆帳，以後再和張大介算……

「那小邱阿姨，張大介今天沒有送豆腐來市場喔？」坐下後，我謹慎地把拐杖架在腿上，深怕打翻了她的蔬菜水果。我明白了這位小邱阿姨，就是張大介口裡委託寄賣豆腐的阿姨。

「對啦，他今天沒來。前兩天晚上，他阿嬤身體突然不舒服。大介帶他去醫院看後，醫師說要住院，所以這幾天他都在醫院陪他阿嬤，沒有來……」小邱阿姨語帶一絲感嘆的抑鬱。

「他阿嬤住院了喔，有沒有怎樣呀？」此時才得知這件事的我，發覺週五時張大介沒出現在上學路上，應該是為了在醫院照顧他阿嬤。那對我講出傷害他的那句話，他到底有沒有很在意呢？

「就糖尿病引發一些慢性病的樣子……我也是昨天才知道，準備今天收攤後，去醫院看一下他阿嬤。」

「他家有其他人嗎？」我想起張大介除了他阿嬤，從未提起其他家人。

「他家就大介和他阿嬤啊……那孩子比較命苦啦，很小時候爸媽就出意外去世了。一直以來就他阿嬤照顧他，但是他也很孝順，我們市場大家都很喜歡這個孩子……」

聆聽著小邱阿姨的敘述，我從未想像過張大介的生活背景，和我有這樣的異同。

「對了，妳今天怎麼會有空來這裡找他？」講到一個段落時，她把焦點放回我身上。

「本來想說……有個信想拿給他。」我捏著包包，隔層布望向裏頭的粉橘色信封。

「呵呵，幾天沒看見就想他了喔，情書嗎？」小邱阿姨窺向我的提袋內，問得我臉一陣發熱。不知道是因為她嘴裡的暗示，還是不想讓她看見那包盜版的美樂蒂雨衣。

「不是啦！阿姨，就是一般的信而已。」

「啊不然妳拿給我，等一下我去醫院時，幫妳交給他呀？」小邱阿姨雖用著問句，但親切伸上前的手，只讓我剩下一個答案的餘地。

「那麼，謝謝小邱阿姨……」我畢敬畢恭地，遞上了袋子裡的那封信。

臨走時，小邱阿姨很堅持地送了我兩根白蘿蔔、幾串蔥，和一顆大白菜；鹹魚攤阿伯也不記前嫌地，裝了一包魚乾給我。大包小包的我，雖提著他們慎重的心意，回程時卻意外地比來程更不吃力。

傍晚後才回到家的老爸和老媽，在廚房發現，我正在料理著帶回來的新鮮蔬菜和魚乾。

「妹妹，那、那個……我們剛在外面，晚餐已經吃飽了、吃很飽了……」老爸僵硬的神情，結巴結得很厲害，似乎是今天爬山爬得特別累。

12 名爲表白的遲到

時間過得很快，明明只是一眨眼的片刻，鬧鈴上的分針卻多轉了半圈。真的很不能理解，像我這樣潔身自愛的好學生，為甚麼大半輩子中，都籠罩在與遲到搏鬥的夢魘裡。

喝完冰箱裡的半杯牛奶，我鎖上了家門。在萬里無雲的陽光下，迎接新一個學校日的開始。

高一的時候，其實我是常騎著腳踏車上學的。那時候遲到的次數，雖然還稱不上不足掛齒，但匆忙趕路的壓力，總是不如現在煎熬。當初腳踏車煙硝班地消失在便利商店門口時，我並不太以為意，認為愛我的老爸會很快地，便會再替我買上一台。只是我失算了……老爸好像沒那麼愛我。等了一年，仍不見他提過買新車的事。

「早安啊……」張大介牽著那黑舊的自行車，出現了在以往出現的地方。

「早安！你阿嬤有好一點了嗎？」我微笑招手。但是說實話，對他的出現有點訝異；我以為他今天也是會在醫院裡陪他阿嬤。

「喔，謝謝！她有比較好一點了，而且我阿嬤不肯我不上學留在醫院，她會生氣……所以我就想說，還是來上學比較好。」張大介牽著鐵馬走來，即使今天的他，不需要那台載豆腐的專車。

「對了，那封我託小邱阿姨給你的……看了嗎？」推著我走了一段路後，我怯怯問著他的背影。

「呃，對……她昨天有拿給我。」老樣子，他看著前頭遠方回話。

「那你覺得呢？」我羞澀地揪著書包肩帶，在腳踏車後座期待他的答案。那應該只是封普通表示友好的手紙，但是我心顫抖得恨不得時間快轉。

「呃……突然看到，有一點嚇到。」他靦腆地抓抓頭。

「是好的嚇到，還是不好的嚇到呢？」我憋著心緒，進一步試探。

「這個喔……要怎麼說……」

差點忘了他是張三豐的後人，可是這個問答題的答案，我真的急著想知道。看不見他臉上的表情，我開始害怕，晨光下交疊的兩個影子，沒有相同的默契。

雖然我長得漂亮、很有氣質、人又謙虛，但也不代表人家一定要和我做朋友……

「那封信只是『我們是朋友』的表示，你懂嗎？」

「嗯嗯，我懂啊。」

「那就說……你願不願意呀？」跨出底限，我紅著臉給了他一個比較簡單的是非題。

天空中，飛過了一隻鳥，我來不及分辨出牠是隻青鳥，或是隻烏鴉。

「那個……對妳或許不是很大的事情，但是對我來說，有一點困難耶……」張大介似笑非笑的語氣，斷斷續續地將答案給了我。

「……」原來，跟我做朋友，是那麼困難的一件事。

我原本溫紅的雙頰瞬時轉得青白；期待的悸動，完全凍結後在人行道上碎了滿地。原來還活在童話中的我，只是自作多情；原來沾滿我心思的想法，一點都不值得輾轉難眠。

「停車……快停車！」五公里不到的時速中，我憋著眼眶內的淚水，喊了從沒想過會用到的台詞。

「別……別這樣啊！不然，我答應妳……可是就這個月就好，可以嗎？不要生氣了……」張大介終於轉身，想安撫正掙扎下車的我。

或者他是善意，但……這個月就好？我是那麼需要施捨的可憐鬼嗎!?是不是把我當成隨便的女生了，這種承諾背後的含意，不更像是侮辱？

沒理會不知所措的他，我仍踉蹌地蹦下腳踏車，頭也不回朝微風來的反方向離去。心中想著，這樣難堪地被拒絕，我寧願每天都摔上一跤、獨自在校門口前罰站……

那天，我應該相信兔子的。

13 英文課

「……I was too little to reach the telephone，but used to listen with fascination when my mother talked to it。Once she lifted me up to speak to my father，who was away on business。Magic……。」

美華抱著英文課本細細朗讀，依照慣例地又被英文老師欽點，為全班同學示範新一課的文章內容。英語咬字清晰的她，在班上一直是品學兼優的模範生。能在正式上課前，輕易閱讀完課文內容的學生，她應該是我們班裡僅有的一位。

帶著深紅框眼鏡的英文老師，很放心地把教學責任交給了美華，自己則在教室內巡視是否有人沒專心聽講。在隨時會被喊名的壓力下，大家都默默地盯著眼前的課本，但是心中在想甚麼，又是另外一回事了。我自己的話，則是咬著下嘴唇，盡力不去想起早上張大介對我所說的話。

突然，教室裡莫名地出現女孩的抽泣聲。

我趕緊摸了摸兩頰，確定了哭出那讓人心疼哽咽聲的，並不是我。

「……She listened，then said the……嗚嗚……usual things……grown-ups say to comfort a child……嗚……But I was not consoled……嗚嗚……Why was it that birds should sing so beautifully and bring joy to whole families，only……嗚哇哇……。」

涕淚中的，是正唸著課文的美華!?感到不對勁抬起頭的我，和隔壁排的小芊交換了個眼神。雖然不認識全部的英文單字，但我不認為課文裡的內容，有讓人崩潰到飆出眼淚的感染力。

「那個，廖美華……妳可以休息了！如果不舒服的話，可以隨時停下來沒關係的。」英文老師趕緊快步走上前，不知所以然地去安撫美華。雖然老師是個女人，但是當聽見同樣女性哭聲時，也是頓時亂了陣腳。

到了下課時，對美華剛才發生的失控，同學們之間無可避免地議論紛紛，但沒有人知道是為了甚麼緣由。或許是因為美華在學業表現上的優異，也或許是她安靜少與男生交談的個性，平常思想毫無營養的葉大頭，罕見地沒幸災樂禍，只是跟著後面排的幾位男同學，以旁觀者的距離私語。在認識美華以來，她一直是內向害羞的，但是最近在交了那個家教男朋友以後，已經開朗了很多。

「華，怎麼了啦……？有甚麼事情跟我們說呀？」我和小芊把美華拉到了教室外的中庭，關心她究竟是為了甚麼事悲傷。

「是啊，不要憋在心裡，有甚麼事說出來會比較舒服的。」小芊拍著她的背。

「就是……我爸發現了我和 Tim 交往的事情，要我們分手……要他不要再來我們家了……」美華把濕透了的手帕壓在臉上，不想讓其他人見到她紅透的雙眼。

美華口裡的 Tim，就是她的家教男朋友，是一個陽光的大哥哥型男孩。雖然美華在各文科上的分數都很優秀，但就是對數學這科目不能通竅。所以這學期開始，她爸爸替她請了一位知名學府的二年級大學生，專門擔任她的數學家教。也許是彼此都具備高材生的氣質，在每週固定的獨處時間裡，他們很快就萌生出了愛情的枝苗。

班上唯一知道美華交男朋友的我和小芊，都有見過幾次 Tim。上個月我們通宵排隊去買演唱會門票時，美華也拉了他和我們一起打牌殺時間。從他們的互動之間，我能感到 Tim 對美華的包容體貼。

「你爸怎麼發現的呀，他很生氣嗎？」我在想美華應該不至於傻到在家裡牽手被撞見吧？

「不知道……就是晚上上課時，他就突然很生氣地跑進我房間，叫 Tim 滾蛋，不准我們以後再見面……」美華仍抽噎著。

「不准再見面，那 Tim 事後有打電話給妳嗎？」小芊的語態仍溫柔，但眼神稍帶嚴肅。

「沒有，我猜他被我爸嚇到了，他離開後都還沒有跟我聯絡過。」

「唉？那妳怎麼不自……」我忍不住地想問美華怎麼不自己打電話過去，討論一下兩人之間的未來，該怎麼繼續。只是我話還沒講完，就被小芊抓住了手，示意我不要再說下去。

「美華，妳就先不要再想了，這種事情來得快，去得也快……時間過去後，就算妳不去特意遺忘，它也會消失的。真的要談戀愛，等上大學嘛！那個時候妳爸就不會干涉，妳和妳新男朋友之間的關係，也會更成熟穩定了啊。」小芊用了和我完全相反的安慰立場，像媽媽似地哄了美華。

午睡過後，原本蔚藍的晴空換幕似地轉了陰；窗外漸起的滴答聲沒有停滯，雨下了一整個下午。

「芊，妳怎麼會要美華去忘記 Tim 啊？這樣很可惜耶……」趁著往廁所的路上，我和小芊抱怨。在美華身上，我看到了她在愛情裡所獲得的快樂。而且感情之所以珍貴，就是因為它得來不易；若因為一些阻礙而去放棄，讓我很難去認同。

「這樣美華才能繼續認真讀書啊！我們以後的未來就靠她了耶……」小芊這個時候還在開玩笑。

「妳怎麼這樣啊！妳自己還不是……」我雖然不想提小芊花了多少時間和心思，在不可能在一起的苗學長身上，但她無所謂的語氣，讓我差一點生氣地說出口。

「其實，他們交往的事情，是我打給美華她爸說的。」小芊表情沒了剛才的戲謔，是講認真的。

「!?」她震撼的這句話，讓我停下了腳步，忘記自己該去的地方。

為甚麼？小芊為甚麼要故意拆散他們，我們幾個不是好朋友嗎？是因為嫉妒的私心嗎？還是小芊也喜歡上了 Tim 要橫刀奪愛，但是她不是這種人呀……

沒把想法脫口而出，但我想小芊很清楚我含在嘴裡的那些疑問。

「昨天從音樂教室練習回家的路上，我撞見了 Tim 和另一個女生在一起。」小芊癟了嘴，對我講出實情。「回到家之後，我就收到了 Tim 傳來的簡訊，說剛才那位只是同系一起研究功課的學妹，沒有任何曖昧關係。」

「那妳覺得呢……？」

「沒曖昧關係的兩個人，會手牽手逛街、喝同一杯飲料？鬼才相信啦！」小芊一臉想咬人的神情，就像去年發現方子均偷吃她便當時一樣。

「所以……」講到這裡，我完全理解了。

「就不想美華被那男的蒙在鼓裡劈腿，但我又不忍心直接對她說。」

「嗯……」

所以說，有時候甜蜜的愛情，只是自己想像力包裝後的幻想……像小說電影裡雲端的真愛，好像不是那麼容易地，就讓我們這些平凡人遇見。

等到放學的時刻，雨已經下到了一個段落，只剩下葉片上的淚珠仍在滴落。校門口前，我一眼就見到了等在那裡接我的老爸，穿著粉紅色美樂蒂雨衣在人群中鶴立雞群。

「妹妹，我原來的雨衣呢？」老爸把安全帽遞給我的時候，面有難色地問了。

「喔，想說你原來那件舊了該換，就幫你買一件新的了呀！」我扣上安全帽，心想好險禮拜天有幫老爸買雨衣，否則下班碰上剛才的雨，就要全身淋濕了。

「那……下一次，可以幫我買成人尺寸的嗎？」他撐起笑容。

爬上後座時，我注意到老爸雨衣上「二到六歲適用」的側標，和肚臍以下濕透的兩腿。

14 卸下

意外地，即使只有下半身著涼，但是隔天開始起，老爸進入了發燒加流鼻涕的重感冒狀態，一連向單位請了足足一個禮拜的病假。我試著煮了紅糖薑湯給老爸祛寒，但是煎到焦黑的鍋子，讓我覺得……還是不要讓他喝太多燥熱的東西會比較好。

老爸重病在家休息的這幾天，翻出了一台珍藏已久的舊型遊戲主機，想把一片二十幾年前就買好的遊戲卡夾「超級瑪莉」玩通關。據他所講，那時的祖母希望他趁年輕的時候多讀書奮鬥，所以當時禁止了他浪費任何一分鐘，在玩電動遊戲上。之後和老媽結婚生了我，忙碌的一天接著一天，讓他幾乎快忘記了倉庫裡這台塞在角落的遊戲主機。只是老媽在出門前，把他遊戲機的變壓器藏了起來，希望老爸好好休息別耗費精神。

倒是我卻因此受益，不再需要擔心上學遲到的煩惱；平常老媽一大早就得去街口等公車，通勤到外環道的大賣場上班。但是這幾天老爸的機車閒置了出來，讓多了交通工具的她，省下了整整二十分鐘的上班時間，同時也有多餘的工夫，載上行動不便的我到學校。

第一天老媽載我騎往上學的途中，我不由自主地，直望著右手邊的街景。當經過了之前摔倒的那條紅磚道時，我見到了牽著單車的張大介。他傻直直地望著遠方的人行道盡頭，沒有察覺到人在摩托車上離去的我。

第二天，一路駛過的我們，碰上了紅燈停在車陣中。或許是注意到我手上的拐杖，仍在老地方駐足的張大介，終於望了過來。他遠遠地對我招手，但我假裝沒看到，只是別過了頭。

接下來幾天，正當我覺得張大介不會再笨笨等待，應會穎悟點自己先去上學時，每日在那相同的時間，和相同的地點，我仍是見到了他。尤其是下著斜風細雨的第四天，他那早該去剪理的雜髮，濕漉漉地蓋滿了自己的視野，卻仍矚望著。我不知道張大介究竟還在那電線桿旁等甚麼。等那隻米克斯犬嗎，或是等下一位需要幫助的同學？不過不論張大介等待著的是甚麼，他等的一定不是我。我這樣說服了自己。

如果對他而言……我有值得到每日冒上遲到風險的等待，當他收到我所寫的那封信時，就不應該是那樣苦澀的表情，和百般不願的回應。

休息到週末的老爸，精神好了一大半，不會再因為找不到老媽藏起的遊戲機變壓器，而愁眉苦臉了。根據醫生當初排定的複診日，他載了我到當初打上石膏的那家醫院。

「咳咳……醫師先生，我女兒這樣算完全好了嗎？」老爸還有些咳嗽。

「嗯，局部上沒有壓痛，從X光片看上去也沒問題。」醫生幫我剪開了腿上的石膏後，就一直專注在病歷表上的填寫。

我坐在一邊，捏著剛拆完石膏的左腳，嘗試喚醒它應屬於我的認知。讓它放假放了兩個禮拜，左腿生疏得好像對我有點陌生。

「就那麼快拿掉石膏可以嗎……？咳……我以前因工作受傷時，記得打石膏打了兩個多月的時間啊？」

「這個，因為要看受傷的部位，而且令嬡的年紀很輕，所以恢復得也會比成年人快，之後也沒有後遺症的顧慮。」仍低著頭，醫生潦草的英文字，舞動得很專業。

我注意到，應該是因為最近勤露臉的太陽，我左腿的顏色，比起右腿來說白了很多；在視覺上頗不對稱……當初應該連右腳一起包石膏的。

「這樣啊……就算是比較激烈的運動，也沒關係了嗎？咳咳。」老爸上氣不接下氣地追問。

「比如說？」醫師抬頭。

「咳……打網球……咳咳……」老爸很介意我最近常拿腿傷的藉口，不陪他玩 Wii。

其實和拆石膏比起來，我更想拉老爸去檢查他的傷風。

15 便利商店

回復了往日的輕盈，我在傍晚踩著曼妙的舞步，手舞足蹈地前往那家每次光顧的便利商店。我朝夕思念中的紅豆芝麻麵包，終於隨著漫長的等待，要與我再次重逢了。

在經過了郵局路口時，我不自覺地加快呼吸；周圍空氣似乎瞬間凝凍，稀薄得如身處喜馬拉雅山頂峰。心中的陰霾，仍住著位讓我慘痛跛行的元氣老婆婆。並不用特地聯想到當時的重播，最近就算只是見到掛著手杖的肯德基叔叔，都讓我覺得忌憚。觀望了一陣，那位老人家並沒有如懸心吊念中地再次出現，但我還是忍不住地，刻意挨著牆走過了那一段。

不過，我好像就是因為挨了那一棍……才認識了張大介的？沒有在徬徨中撐著拐杖摔街的那一幕，永遠藏在背景、拉著腳踏車的他，和我根本沒有機率在彼此的世界中交集。即使只是單純的喜悅，但那幾日在他的腳踏車後座，與他的背影聊著天，我體驗到了有人在乎的甜蜜。

但是過去的，就都過去了……即使我主動釋出了善意，我們還是沒有緣分做成朋友。

心頭上的錯覺，跟著那愚蠢的石膏一起打掉了……我用兩腳走在人行道上真實的觸感，這樣告訴自己。

「歡迎光臨……」戴著眼鏡的便利商店男店員，機械式地恭迎，但四眼仍神遊在手中翻閱的漫畫週刊。

在這接近週末良宵的時刻，懂得享受生命的人都有了各自的節目。便利商店內，並沒有如平日有太多人潮，所以我可以理解，那年輕店員是需要些消遣來排解寂寞的。但見他隨意拆著店裡的漫畫雜誌，究竟有沒有付錢，我就不知道了。

「不好意思喔，我要結帳！」我捧著紅豆芝麻麵包，在結帳櫃台前提醒翻過一頁又一頁的店員。

「呃……？那麼，麵包要加熱嗎？」驚覺店內有人，不過他仍是慢條斯理地放下漫畫，姍姍掃過條碼後問了我。過去一年在這結帳買麵包，他問了我這問題應該不下三百次了，即使我每次都是一樣的答案。

「不用了，謝謝。」若是我突然說要，不知道他會不會嚇一跳？

「啊，對了……還有這個。」我把肩包內的備忘筆記冊找出來，把夾在裏頭摺起的手機帳單一起交給了他。當初允諾老媽要自己付錢的電話帳單，這幾天再不給就要罰錢了。

接過帳單打開後，他握住下巴，眼神迷惑了起來，好像在思索下輩子的人生要做甚麼。就我自己的印象中，這位店員在這裡上班應該有兩年的資歷了，儘管靈魂長期不在軀殼裡，但替客人繳付帳單這件工作，應該不是很難吧？好像是在收銀機上壓個甚麼鍵，然後「嗶」一下地用掃描器掃過帳單這樣……

「那個，同學妳幾歲了呢？」店員沉思中，突然意味深長地問了我。

「嗯？十七歲……」咦，電話帳單有規定要滿十八歲才能繳嗎？我緊捏桌上的紅豆芝麻麵包，有點不安。

「這，好吧！雖然我原來是想說……成年的會比較好。那麼寶貝，是不是先給我手機號碼呢？」他的宅男氣質一掃而空，取而代之的是自信的笑容。

手機號碼，帳單上不就有嗎？而且誰是你寶貝呀……我拉過他手上的紙，想指出給他看。

「!?」但是仔細看了那張紙後，我揪住臉，抓著麵包淚奔出了店外。

我寫給張大介的那封信……不知道為甚麼，赤裸裸地出現了在那店員手上。

謝姿瑜，妳怎麼可以那麼蠢!?紅了鼻子的我在店門口不解，想到羞愧處，便忍不住痛泣。

人家說……少女的眼淚，是世界上最珍貴的呀！那麼我為甚麼是為了那個阿宅店員落淚呢？明明只是要買個麵包、付張帳單，然後回家看韓劇配著紅豆芝麻，享受那甜膩幸福……有那麼困難嗎？

「寶貝！妳的麵包還沒付錢啊！」裏頭店員的聲音，隨著電動門開啟，追了出來。

但是沒辦法在此地多留片刻，我帶著崩潰的情緒，奔離了這家剝奪走我初次表白的便利商店。撲簌的熱液，沿著臉頰漬漬地落散在風裡，但絲毫沒把悲傷帶走。

如果現實的我是活在羅曼史小說中，此時夜空或許會颳起大雨，讓在街頭徬徨無助的我，顯得更加愁戚戚；不知不覺，我在幾步路中便會碰上位瀟灑帥氣的年輕總裁，順便一頭栽在他可靠多金的胸膛裡。

但是遺憾的，我不是活在羅曼史小說裡。

隨著刺耳的剎車聲，大街上一台迫近的載卡多貨車，突然出現在我面前。轟然一聲，把誤闖馬路的我，四腳朝天地撞翻滾到一旁的路邊水溝；我還未來得及躺好姿勢，便失去了意識。

16 醒覺

「妹妹！妳醒了啊？」再次睜開眼時，是老爸湊近的臉孔。

「嗯……老爸……？」不需要開口多問，我已知道現在躺處的地方，是家醫院。周遭一片白了迷濛的潔淨，就我了解的，只有天堂和醫院是這樣的場景。而額頭上傳來的陣陣刺痛，說明了我還未修成正果，仍留在人間。

「爸，我昏迷了多久……？」我注意到老爸消瘦的兩頰，冒滿了不思茶飯的鬍渣；在這物換星移的空白裡，老爸不知道受了多少折磨。

「大概……一個小時半。」老爸看了手錶。

嗯，一個小時半……我想起了今早去醫院拆石膏時，老爸好像就長這個模樣了。因病幾天沒上班的這個長假，讓他悠哉得連鬍子都懶得刮。

老爸走去矮櫃前倒水的時候，我原本掙扎地想從床上坐起，但卻發現使不上力。我疑惑地抬起左手，上頭裹了層似曾相似的厚厚石膏；接著抬起右手，一包變形的紅豆芝麻麵包，仍被我抓在掌心裡。

「唔，醒了吧？」巡房的醫師，這時走了進來。

「醫師，怎麼會這樣的!?你不是說沒有任何後遺症的顧慮嗎？」老爸扯住了那醫生的白袍。我認了出來，那是上午才替我剪開腳上石膏的面孔。所幸隨後進房的老媽很快便拉走了老爸，化解了一場醫療糾紛的官司。

在解釋X光片時，醫生稱讚了我這次骨頭傷痕，裂得很漂亮，讓我不免飄飄然地害羞了一下，之後癒合速度甚麼的，便沒再太認真聽。確認了傷勢無礙，也沒有腦震盪的症狀後，醫生宣布了我可以隨時出院，只要幾週後再來複檢骨折的左臂。等待老媽在結帳窗口，幫我辦理出院手續的空檔，我拆了手中的麵包來吃。雖然左手打上的石膏讓我不是很習慣，但至少上學時，不再需要撐著拐杖了。

「……妳還好吧？」身後忽然出現的聲音，是來自一位叫張大介的男孩。

「你怎麼在這裡!?」我吃驚地回頭，手裡的紅豆芝麻麵包，驀然摔落在醫院地板上。

「我阿嬤就住在這家醫院的六樓。傍晚回家幫她拿換洗衣物的時候，碰巧遇見妳被計程車送來。剛才在妳病房外面一直等，擔心了好久，好險妳沒事了……」

「那……怎麼不直接進來打招呼？」我尷尬地笑笑，用腳把地上露餡的麵包挪到旁邊。

「因為，妳好像還在生我的氣……不想讓妳不開心啊。」

生氣……？好像是有那麼一回事，但我是為了甚麼事而對他生氣呢？

「對了，妳看這個！」張大介從牛仔褲後袋，掏出了一張皺巴巴的紙頁，說道：「這個……我前幾天已經拿去繳了！」

我接過那張紙，眼角不覺濕潤了起來。看著上頭蓋了個『已付』印章的手機帳單，我再次覺得自己是個死蠢鬼。

原來從一開始，我就把桌上的帳單和寫好的信件搞混，放進了信封。這樣一定讓害張大介會錯意……以為我要他幫我繳電話錢，才肯和他做朋友。

「那……妳可以不要再生我氣了嗎？」他緊張望著我，期待我的微笑。

「嗯。」我點頭，考慮要怎麼把五百三十八塊還他。

「那禮拜一……我還是可以等妳一起上學嗎？」

「嗯。」我點頭，但隨後想到，自己好像答應得太不矜持了。

「那……那個……」

「嗯。」還沒等他講完，我便又答應了。

如釋重負的張大介，今晚話特別多，不過都還滿中聽的。好險我沒聽兔子的話，否則沒踏出這一步，我永遠不會知道我和他是彼此在乎的。

「姿瑜，走啦！妳爸在外面車上等了喔！」老媽遠遠地喊了我的名字，沒發現被擋在柱子後的張大介。

「喔！」我應聲，和張大介道別。

「所以妳叫……豬魚？」首次聽見我名字，他推敲著發音。

我想起了要找機會，和他討論關於我綽號的事。

17 重新開始

「早安！」新的一個禮拜一，張大介在上學路上等候我的到來。他參差的髮型今天特別蓬鬆，看得出洗好仍未吹乾前，就出了門。

「早呀，你今天有推豆腐去市場喔？」見到他依舊拉著那部舊單車，我微笑搖了搖我唯一能用的右手，左臂石膏仍用繃帶吊在脖子上。

「沒有啊，在我阿嬤出院前……應該暫時不會拿豆腐去寄賣了。」

「那你今天還推腳踏車出門？」我故意逗他。

「喔，好像，忘記妳的腳傷好了……」張大介習慣性地抓起頭，把乾澀的雜髮捏成鳥巢般的造型。稍後，他把注意力轉到我換了位置的石膏，問道：「不過妳手上的新傷……還會不會很痛？」

「痛其實還好，就是會有一點刺痠，好像有一隻啄木鳥，在我骨頭上喀喀喀的……」我認真地描述給他聽，用右手模仿鳥嘴的形狀在石膏上啄。

「噗！」張大介突然笑出。

「喂，你幹嘛笑呀？我很認真地在講耶！」

「對不起，我知道妳很認真地在講，只是突然覺得妳的動作很好笑……那妳把書包給我好了，這樣肩膀比較不會痠。」推起腳踏車前，他把我的書包接了過去綁在後座，讓已經出陣的戰馬物盡其用。

「對了，你的頭多久沒去剪了呀？下課後我帶你去剪髮好不好？」並肩而行，看著他頭上隨風搖擺的稻草，我有感而發提議道。

「喔，不用啦！我頭髮都習慣給我阿嬤剪。我們家有一把專門剪頭的剪刀。」張大介淺笑。

聽了他這番話，我察覺張大介和班上王媽的髮型風格，竟有異曲同工之妙。並不是指手法，而是一種家庭的溫暖，和對家人的信任。

「那我幫你剪！」

「……？」他一臉沒能理解的表情。

「你讓你阿嬤在醫院好好休息呀！這種事讓我幫忙嘛。」我用倫理孝道說服他。雖然我沒有剪過頭，但是對自己的藝術天分和審美觀，一直都還滿自豪的。而且，總是覺得有虧欠他些甚麼。

「可是……」他還是有點遲疑。

「還是你不相信我？」

「呃……相信。」

「那放學後你在門口等我，我們去你家剪。」我滿意地恢復笑容，因為朋友之間的基石，就是信任。

「對了！我的名字是謝姿瑜，姿態的姿，瑜珈的瑜。」抵達學校前，我想起了記事本上，畫上螢光筆的特殊待辦事項「告知張大介本小姐的芳名」。我謹慎地把每一個字節解釋清楚，避免之後無端冒出些豬豬魚魚的奇怪綽號。

「喔，我叫張大介！很大的大，芥末的介。」張大介點頭，講錯了我第一天就知道的事情。

進學校分開後，我望著張大介身影牽著單車，走進學校的腳踏車棚。他一邊晃著頭，一邊用手指在空氣中寫著比劃。其實認識三週多以來，張大介究竟有沒有意識到他不知道我的姓名，還是他對「貢丸妹」那個綽號怡然自得？

視線回到手臂上的繃帶，我深吸了一口氣；腦裡默誦著，等會進教室要發表的聲明。

18 剪髮

聽了我對意外發生的敘述後，同學們的反應很不一致。

「哈哈，妳是那家醫院的代言人喔？」後座的阿福，根本聽到一半時就笑了出來。

「所以妳拆完左腳上的石膏，跑去買麵包，又被車撞傷，打了左手的石膏……」雖然聽到已是我修訂版的故事，小芊臉上仍是掛了五線譜。

「那妳去買了甚麼麵包？」蕭亞藤的提問完全偏離重點。

「天啊，姿瑜妳最近的運氣很差耶?妳該去廟裡拜拜了喔！」王嫣誠心建議，但是我總覺一般的廟救不了我。

所幸撰稿這件事一回生、二回熟，整日在沒有太多煎熬下，一轉眼便到了和張大介相約的放學時間。

「先說好，我家很小很舊喔……」朝著張大介家的路上，他不安地想先幫我打強心劑。

「不要那麼介意呀！我家也很小。」我希望這樣講能讓他舒服一點。老媽常拿這件事，作為家裡不能養小狗小貓的擋箭牌。

心中雖然已先勾畫出張大介家裡大概的想像圖，但真正見到後，卻發現沒他口裡那樣的簡陋。張大介家房子是棟一樓的平房，外牆的水泥雖已由灰轉黃，不過仍沒有顯著的龜裂風化。進門後，採光較昏暗是我唯一比較不習慣的地方。在張大介進房找剪刀的時候，我對客廳裡一幅神桌旁的照片，產生了興趣。照片裡頭，是一對坐在白色摩托車上的年輕夫婦，抱著一位緊抓三色風車的小男孩。照片裡頭的男人頗有英氣，女人則是美麗大方，至於小男孩，則不知道是害臊還是發愣，只是看著鏡頭的另一方。

「這是你爸媽嗎？一個帥、一個漂亮耶！」我對走出房的張大介問道。

「是啊……可惜我根本就沒有甚麼印象了，他們在我剛會講話時就去世了，很多事，我都是聽阿嬤講才知道。比如說我們家的房貸，就是用爸媽意外的保險金付清的。」張大介苦笑，拉了一張木椅子過來。

「呵，那至少你阿嬤還會講給你聽，像我很好奇我爸媽是怎樣認識的，他們卻絕口不提，讓我一直懷疑他倆是不是指腹為婚的。」接過張大介遞來的剪刀，我笑瞇瞇地回話。我知道他不需要安慰，因為即使他父母已經去世了十幾年，但是他們想照顧兒子的心意和愛卻一直存在的……只是變成了不同的形式，化作這棟房子，溫暖地包圍住他。

幫張大介披上件稍褪色的大毛巾後，我一合一開把玩著手上的黑色大剪刀，想起跟老媽房間那把做裁縫用的，很類似。我坐在張大介搬來的木板凳上，望著直挺挺的他站在我面前，回想平常去剪髮時，設計師是怎麼開始下手的。

唔，這種角度好難剪啊……我仰視張大介的頭髮，一股違和感。

「啊，對不起！好像應該是讓被理髮的人坐的……」發現問題出在哪裡後，我紅了臉趕快站起。

「沒關係啦，其實幫我剪頭本來就是妳比較累，妳坐吧！」他完全不介意。

「啊，對了，剪頭前要先幫你洗頭耶？」強壓他坐下後，我記起平日剪髮前，設計師會先請小妹幫我把頭髮潤濕。

「不用了啦！不用那麼麻煩，剪完我再去洗就好了。」

「嗯……那好吧。」由於意識到我能使上的只有一隻右手，似乎也很難搓出那種專業的泡泡，只好勉為其難地繼續之後的步驟。我煞有其事地開口問道：「先生，你今天想怎麼理呢？有比較喜歡哪一種風格的造型，或是哪位明星的髮型嗎？」

「呃，我很少看電視……那就剪短就好了，謝謝。」

既然客人沒特定要求，我決定臨場發揮美感，大刀一喀嚓，從他額頭前過長的劉海先下手。整撮比地理老師假髮還濃密的頭毛，團結地一併落了下。

「今天在學校好嗎，有發生甚麼有趣的嗎？」我專業地和客人聊起天。

「有趣的事喔？對了，今天有一件事很好笑。我們體育課時，黃老師想示範跳箱，結果屁股褲子啪的一聲，整個裂了開來。哈，我們班同學都笑翻了。」

「黃老師？是很像糖果名字的那個黃金堂老師嗎？我一年級時也是給他教耶。」聊天歸聊天，我並沒有停下右手上的工作。

我優雅操著大黑剪，流暢地在張大介頭髮上飛舞，有如芭蕾名劇《天鵝湖》裡的黑天鵝三十二連轉。

只是當我把他左側邊鬢角，整齊地和耳際剪平時，陷入了猶豫。唔……少了些層次感，這刀好像有點下壞了？但是若要對稱的話，兩邊是不是剪得一樣齊比較好呢？可是都剪平的話，又難免會有些像安全帽……

「哇，妳真的好厲害，又會做菜又會剪頭。」張大介還未見到他的髮型，便開口讚美。

「呵，普普啦……不過，聽說你在菜市場幫我取了個綽號，叫『貢丸妹』的？」想到這，我就還是硬下心給他一鼓作氣剪平了。

「不是啦，不是我說的！是我和小邱阿姨講了妳很好，拿了貢丸給我吃的事情以後，她就自己取了。」他連忙否認。

聽見不是他的過錯之後，我不免對那一剪有些後悔。應該給他留下一邊能拍照的側面的，不過剪髮就和嫁女兒一樣，覆水難收……

四十分鐘之後，我審視著自己精心替張大介打造的新髮型。仍算是件藝術品，但就以世俗的眼光來看，好像很失敗……今天張大介若是個地中海型禿頭的大叔，那麼這造型，和日本河童是不是太神似了一點？

「呃，請問妳幫我剪好了嗎？」他見我停下手，好奇問道。

「好是好了，只是……」我不敢把內心的看法，誠實講出來。在客廳茶几上，我拿起了一面小鏡子，用顫抖的手照了相對體面的後方給張大介看。

「那個，我這樣看不見耶。」他抓抓臉頰，上頭還黏著些毛屑。

我忘記了和美髮店不同，張大介面前並沒有一幅美輪美奐的大鏡子，讓他能見到後方的反射。但是要泯滅良心的讓他見到正面，我又沒辦法那麼殘酷。

「不用幫我拿了，我可以自己照啊。」張大介提起手，伸向腦袋瓜後面，想接過我手裡的鏡子。

不過，看不見後頭的他，只是牽到了我的右手。

出生以來，還未被老爸以外男人牽到手的我，敞著嘴巴失去了該有的閨女美儀。真的嗎，有男生……牽了我的手？我愣神在他拖上的手掌。

「啊！對不起，我……」在意識到手中柔軟的物體，不可能是鏡子手把後，張大介倉皇失措地放了手。原本一直被我認為是神經遲鈍的男孩，此時竟然比我還快回到了現實中。

「不，沒有關係，該說對不起的應該是我。」我愧疚地把鏡子好好放進了他的手裡，自責地道歉說：「剪得很糟吧？都怪我太自不量力了……對不起。」

張大介默默照著鏡子，與裡面江戶怪談中的傳說生物，對上了視線。

「我想洗完頭以後的髮型，應該會更自然一點，你先去洗頭好不好？」見他沒答話，我趕緊出聲安慰。不過實際上，洗完的頭髮的確會更有朝氣些。

「哈，不會糟吧，我覺得滿好看的啊？」頂著河童風髮型的張大介，回頭笑得很開心。

「呃，就算這樣……我還是覺得你去先洗個頭，會比較好。」我轉頭，避開了他的燦爛笑容。不論他是刻意裝作不在意，或是審美觀真的和我大相逕庭，想到他必須以這樣的面目示人，我沒有辦法面對未來的自己。

「洗頭嗎？可是家裡現在停水耶，我都是去醫院時才順便洗澡的。」

「如果你不介意的話，我陪你去醫院好嗎？」誠懇地望著張大介，我真的很想見到他的髮型在洗完頭後，是否有改善，否則今晚我應該睡不著覺。

只是此時，明明是該想辦法處理張大介頭上的緊急事件，但他剛握住我手時的溫度，卻一直停留在我的呼吸聲中裡。

19 醫院探病

「那麼晚還沒回家，真的沒關係嗎？」張大介問著，把額頭上的帽沿拉高。他真的不介意頂著新髮型上街，不過我還是慎重要求了他，戴上那頂里長選舉的棒球帽。

「嗯，沒關係的，我爸媽今天應該九點以後才會回家。」我知道老爸老媽今晚要去吃廖伯兒子的喜酒。聽說廖伯原是希望還在週末辦婚禮，但這兩個月內，稍氣派的飯店似乎都沒有空檔，所以將就挑了也是吉辰良日的今晚宴席。聽老媽在說廖伯和廖嬸對婚禮意見上的種種衝突時，我一時還分辨不出來，究竟要結婚的是廖伯，還是他兒子。

朝往醫院的路途上，我在一家花店前的櫥窗前停下來。既然都陪張大介去醫院洗頭了，為了不失禮節，我是不是該順道去探問一下他阿嬤呢？通常去探病，好像是需要送些水果、花束的……只是接下來不會經過菜市場，不如就在這兒買花吧。

「我等會順便去看你阿嬤好不好，你知道她喜歡甚麼花嗎？」

「不知道耶……這些不錯呀！很漂亮。」張大介指著擺在門口的一桶白菊花，讓我深覺得問他這問題，並不是一個明智的想法。

拿不定主意的我，最後委託了花店老闆娘幫忙，配了一盆合適的花籃。

「其實不需要買花的，我也有和阿嬤講過妳，看到妳她應該就很開心了。」

「呵，你為什麼到處都和別人提到我呀？」心暖暖的我，把花籃塞進他手裡。

「就是……如果平常有碰到特別開心的事情，我都會講給他們知道啊。」張大介扭了扭鼻子，上頭還有幾根剛剪髮沒拍乾淨的頭毛。

我從書包抽了張面紙，輕輕地夾著他正挺的鼻頭，把毛髮捏起來。

朝著夕陽，我想他應該沒瞧見我面頰上泛起的紅暈，因為同樣的光芒，也把張大介的那顏憨臉映了個透橘。

距離他家到醫院，我們大約走了半小時的路程；比往常朝學校的時間更長，但是卻遠遠不夠我收斂起，臉上笑吟吟的酒窩。

「你阿嬤……應該不會很兇吧？」六樓電梯門開啟後才卻步的我，心跳得很快。

「不會啦，阿嬤雖然平常看起來很嚴肅，但是真的要兇，也是只對我兇啦，哈！」

神經大條的張大介，自顧自地跨進了病房，全然不了解少女細膩的心思。

窗簾緊閉的病房內，擺了四張淡綠色床巾的鐵床。牆壁吊上的小電視沒有開啟，給人格外寧靜的感受。我忸怩地龜縮在張大介身後，揣摩怎麼樣的開場白才不會唐突。但不知道是不是又來到醫院的緣故，我早已痊癒的左腳，突然開始一陣刺骨的陣痛，彷彿是一腳踏進了西伯利亞的冰湖裡。

「阿嬤，我今天有一個同學想來看妳，就是之前那位我和妳提過的女生啦。」

張大介提上花籃，幫我做了開場白。

「阿嬤妳好……我叫謝姿瑜。」我諾諾地抬起頭，和病床上的這位長輩打了招呼。

四目相交的同時，我驚覺了左腳重拾痛楚記憶的原因。眼前的白髮婦人，正是日前郵局門口一棒打跛我的那位那老婆婆！天啊，她竟然就是張大介的阿嬤！瞬時腳軟的我，連奪門而出的鬥志都喪失了。

他阿嬤現在見我到康復的左腳，會不會再興起把我打到癱瘓的念頭呢？當天被救護車抬上擔架前，我對她最後落下的一句話「下次再給我碰到，妳就試看看」仍記憶猶新。不過，當天的搶劫，不……從攙扶到她舞棍，直到我趴在馬路邊涕泗滂沱，應該僅有短短的數秒時間，她對我的印象或許不是太深？加上她老人家有那麼多繁瑣的事要去處理，應該不是那麼記得我這個微不足道的小人物吧？

「妳，很面熟喔？」張大介的阿嬤瞇著戴上的眼鏡，從頭至腳地打量我。

「我……我之前和父母搭火車嚴重誤點時，有被電視台記者訪問到……」我搬出了好不容易迸出口的理由，儘管那是發生在幼稚園的六歲時。控制不住身體的自然反應，我不自覺地把左腳交叉到右腳後方。

「這樣啊，妳和阿介是同學嗎？」

「是的，只是他在一班，我在七班。」我步步為營地回答，講反了都沒發現。太好了！不知道是因為她貴人多忘事，或是我想出的託詞奏效，張大介的阿嬤似乎沒有認出，我是曾躺在她棍下的那位女孩。

「阿嬤，姿瑜剛才幫我剪頭，你們先聊一下，我先去浴室洗頭喔。」張大介把花籃擱在病床旁的矮櫃上。

「張大介……不要，不要走……」用著蚊子般細的聲音，我在他阿嬤見不到的床腳邊緣拚命招手，想把他喚回來。

但就連蚊子都聽不到，張大介哪有可能聽到。他忽視了隨時都會崩潰的我，從床底下拉出了個旅行袋，找出一條大浴巾後，便離開了我身邊。

第一次，見到張大介離去的心情，是這樣的愁腸百結。

「來看我還特地送東西，下次不要那麼麻煩了！」張阿嬤坐在病床邊，把張大介剛才擺上的花籃，挪到了櫃面的正中心，似乎對孫子不夠謹慎的擺設不滿。

「沒關係啦，看一些漂亮的東西，康復得也快呀。」我強顏歡笑。

張大介的阿嬤，沒有回話。

和一個月前相比，雖然她老人家的威儀依舊，但是卻少了些神采。

「阿嬤妳氣色不錯呀，這邊有交到朋友嗎？」我望了張阿嬤房內，其他三張床上的同房室友，或躺或臥的，都在休息中。雖然知道大家來這的目的不是聯誼，但是環境都已經那麼悶滯了，若不再聊聊天，應該會很無趣吧？

「唉，醫院待幾天，精神都折磨掉了。」

「還是阿嬤妳要看電視，我幫妳開好不好？」邊說，我邊在周遭尋找電視遙控器。

「不要啦，沒有想看甚麼。而且一開電視，隔壁那個老頭子又會突然爬起來罵天罵地的。」張大介的阿嬤皺起眉頭，或許是之前發生了些不愉快的事。

「那……阿嬤妳有沒有想吃甚麼或是喝甚麼？我下去買給妳。」

「不要一直忙啦，旁邊有椅子，坐下嘛！」她指了電視下的板凳。

「喔，好。」我乖乖地，端正坐在了電視下面。

「坐近一點啦！坐那麼遠幹嘛。」

紅著臉的我，聽從張阿嬤的話把板凳搬到她身邊，再重新端正坐下。

「妳手受傷了啊？」見到我手上石膏，她的語氣更像是問了「為甚麼」。

「對呀……不小心被車子擦撞到。」回答時，我非常慶幸自己是在腿傷好了以後，才來探視張大介的阿嬤。

「平常就要小心一點啊，現在路上車子都亂開，壞人也多！」從張阿嬤告誡的目光中，我彷彿看見了報紙新聞上層出不窮的社會亂象；相信之前在郵局被位年輕女賊行搶的經歷，更加深了她老人家對人心不古的感慨。

「那妳家有幾個人呢？」在家常的寒暄過後，是正式的家世清白調查。

「三個，就爸爸媽媽和我。」我沒把兔子加進去，因為它是隻兔子。

接下來，是一連串的問題，例如「妳住哪裡？」、「那妳爸媽是做甚麼的？」、「妳在學校功課好不好，都第幾名？」、「妳有沒有男朋友了？」……等等。我發現經過這些引導，自己似乎比之前更了解自己了。

張阿嬤非常健談，但是很可惜她孫子一點兒天分都沒有遺傳到。張大介一整年的說話額度，或許連她阿嬤數分鐘內能達到的字數都不及。換一個角度去想，他阿嬤之所以能一個話題緊接著一個地打開話匣子，也可能是為了要均衡祖孫間的正常談話速度。

「妳和阿介，很好嗎？」望了一眼隔壁床打呼的歐吉桑後，張阿嬤問得很小聲。

「就是……朋友啊，我們也是前陣子才剛認識。」

「阿介讀書很笨，妳在學校要多幫忙他。」

「嗯，好。」雖然一嘴答應，我對要如何幫他仍是沒有概念。尤其是他與我並不同班，不像對改考卷時，能在問答題上自由心證送分。

「他說上次妳拿貢丸給他吃，做得很好吃喔。」

「沒有啦，就是學校烹飪課教的，就順便拿給他……」我笑得很勉強，心裡則想像著拿貢丸，塞滿張大介嘴巴的模樣。

「那你們是好朋友的話，就要互相照顧，懂不懂？」他阿嬤說著，嘆了口氣。

「嗯嗯，我懂。」

「我是很想見到阿介上大學、結婚、生孩子啦……但是我現在這個身體，能再活幾年也不知道……」阿嬤說得很感傷，但是當她說到「生孩子」時，眼睛一溜地來到我臀部。

「阿嬤不要想那麼多，妳一定可以的啦。」我有點害臊地安慰，但不知道自己在害臊甚麼。

「我洗好了喔，阿嬤你看！」頭包塊大毛巾的張大介，終於走了回來。我一直在想若是他再不出現，他阿嬤可能就要開口談來我們家提親的細節。

但是接下來，才是我心弦一直掛屬的重頭戲……

屏息以待中，張大介緩緩拉下了毛巾，在病房伸展台上，展示出萬人矚目的神秘髮型。我情不自禁地流下眼淚，他那未擦乾仍滴著水珠的齊髮，此時終於不再適用河童去形容了……而是須改用剛從溪裡爬出來的河童，才會更貼切。

神啊！請給我多一點時間逃離這家醫院！就算張大介的阿嬤沒認出來我是當時的小賊，現在一定又會有把我腿打斷的衝動了！

「喔，不錯啦！有帥。」當我想要下跪賠罪前，他阿嬤淡淡地冒出了評語。我再次甩過頭看向張大介，確定他後面沒有其他人。

「跟妳說不用擔心啊，阿嬤都說好看了。」張大介憨笑，走近床邊。

「她幫你剪頭，有沒有跟人家說『謝謝』啊？」張阿嬤推了他一把，要他道謝。

我愣愣地緊扶住板凳邊緣，對情境的轉變匪夷所思。唯一的解釋，就是張大介一家真的都是好人啊！

漸醒的隔壁床老伯，此時開始對著窗外念念有詞。在他大聲發起牢騷前，我們結束了這次的訪視。

「阿嬤，那我先陪她下樓。」

「阿嬤再見！」跟在張大介身後，我倚在門旁對她揮手道別。

「下次再來，人來就好了，不要浪費錢買東西知道嗎？」張阿嬤囑咐交代。

離去時，我腳步不比來時暢心，因為多了牽掛。我希望張大介的阿嬤能快點康復，早日回到更有生氣的菜市場，回到她能與左右攤鋪恣意閒談的那條街上。

20 名爲悸動的遲到

替張大介理髮，也就是探視過他阿嬤的之後幾天，不知道是他頭髮生得快，或是因視覺疲憊而漸漸習慣，今天在見到他髮型時，已經不再覺得那麼突兀，但仍是有罪惡感。

「班上真的都沒人說你的頭怎樣嗎？」我挺擔心他會因為我的刀藝，而受到同學揶揄，因為像小學生幼稚的高中生大有人在。

「沒有啊，妳擔心太多了啦！怎麼會一直覺得幫我剪得不好呢？我昨天去菜市場找小邱阿姨時，她還稱讚我變得有精神，更有型了呢！」張大介說得頗得意。

真的嗎，我幫他剪的頭真的那麼好看？經過張大介本人、他阿嬤，和市場小邱阿姨的證言，我開始慢慢覺得，自己的剪下功夫似乎是真的還不錯？儘管我國小時，有讀過「曾參殺人」和「三人成虎」的寓言故事。

良心不再被枷鎖糾結住的我，覺得整個世界又再次充滿了和諧與美，開朗了起來。不過近日學校內的氣氛則仍是低迷，因為在苗學長上次受襲後，身手大不如從前，喪失了球場上萬夫莫敵的英氣，據說是心理層面的影響很大。而他所帶領的籃球校隊，更在全國大賽的決戰中慘敗，遭到了前所未有的懸殊比數敗北。所以現在每個班上，都會出現幾張痛失偶像的陰森面孔。小芊是這症候群中的嚴重患者，就連我在左手石膏上畫了張小貓臉演戲給她看，都沒辦法逗她一笑。

真不想一直見到小芊鬱鬱寡歡，但天生走氣質路線、缺乏搞笑神經的我，又做不了任何事……

「那個，妳這週日有空嗎？」張大介咬著乾澀上唇，打斷了我思考。

「嗯，怎麼了？」我意識到他開口，但沒理解他開口說了甚麼。

「週日，我們一起出去玩……好不好？」他望著肩旁的我。

如果我沒聽錯，張大介是問我要不要出去玩，也就是肯不肯和他約會……

約會，這個只在夢裡熟悉過的名詞，在白晝下轉生了？我眨了眨眼，手上並沒有平白變出一袋紅豆芝麻麵包，證明了我不在夢境裡。

約會，明明只是簡潔的兩個字眼，但容納了整部辭海的浪漫；自從它的出現，彩虹上的顏色開始有了意義。而初次約會，更代表了兩人登上交往列車的對座套票。

我從來沒有期待過，習慣吞吐的張大介能用字語讓我悸動，但是他今天做到了！一直認為木訥的男孩，原來不是石頭或木頭，他至少是更進化的……阿米巴原蟲之類的！

不過我沒有馬上回答，只是咬住了那沒有變出來的紅豆芝麻包。因為兩人一旦出遊，便會順理成章地走在一起，跟著牽手，然後接吻呀！現在的我，真的已做好準備，要迎接這粉紅色的美麗人生了嗎？我一定要再猶豫一下，才能答應他。

「如果妳有事的話……也沒有關……」在我特意下的休止符中，張大介漸講，頭漸更低了。

「有！我有空！」在他收回那句話前，我用了有些尖銳的聲音脫口而出。

張大介慢動作地由憂轉喜，直到定格在不可置信的特寫鏡頭。

豔日下，達成共識的我們不再介意額頭上的汗珠，因為兩個人都把時間沉浸在了期待。

「罰站就罰站，你們可以不要聊天講話嗎!?」一旁的教官，不耐地訓斥。

因遲到而罰站在校門口前的我們，各自帶著微笑，將屬於兩人的默契，收回了到腳邊的影子裡。

21 約會

約定了的出遊，在爽朗的天氣中到來。

今天該穿甚麼好呢？出門前我把衣櫃內的洋裝、裙子全搬了出來試穿一遍。其中最後的三套，讓我花了兩個小時的熟慮才選出了優勝者，但是其實應該把這時間花在選髮飾的；我後來才扼腕想到，應把三套都帶出門，在中午下午各換一次便可以省下煩惱。決定讓張大介保留神秘感，這幾天來我刻意不追問他計畫好的目的行程。

「媽，我要出門了喔！」我提起裝了些零食的手提袋。

「好啦，趕快去佔位置了！」抱著堆待洗衣物的老媽，從二樓催促。

昨晚給老媽的外出理由，是我今日要去圖書館；不過我並沒有說謊，因為和張大介真的是約在市立圖書館前的門口見面。

「哇，今天幹嘛穿那麼漂亮，要去約會喔？」咬著剛買回來的飯糰，坐在報紙前的老爸突然開口。

「!?」正套上鞋子的我，心中被插上一箭。

「……我人再漂亮，你也還是要去曬襪子啦！」捧著衣籃的老媽從樓梯上下來，沒好氣地瞪了老爸一眼，身上仍是穿著居家睡衣。

還以為被老爸看出了甚麼端倪，我差點一腳娃娃鞋、一腳拖鞋地衝出家門。不過所幸只是虛驚一場，畢竟美好的一天，要從美好的出門開始。

和張大介約定的時間是八點整，當我抵達圖書館門前時，一旁的電子立鐘顯示著七點三十八分。圖書館的鐵門仍是深鎖著，幾位等待溫書的學生，或站或蹲地散布在階梯上，不過更多的是清晨剛做完早操，在門口附近休息聊天的阿公阿婆們。

圖書館旁的路口，有一家便利商店。我想到張大介應該還沒吃過早點，便趁他還沒到的空檔，買了兩份御飯糰和兩杯冰奶茶。雖然家裡有老爸買的飯糰，但由於不想和張大介一見面，就打了個飽嗝，所以只是應付式地吃了兩口。

走出便利商店店門時，我見到了穿著米色上衣便服的張大介，背了個側肩包，在圖書館前朝我招手。

「哈，妳那麼早就到了喔？」小跑步過來的他，和我在半路間碰頭。

「是呀！你還沒吃過早餐吧？」我提起右手上的塑膠袋。

「是啊，還沒……喔，謝謝！」他接過我遞上前的袋子，發現了裡頭的早點。不過顯然不常吃御飯糰的張大介，一拉開包裝就把飯糰摔在了地上。我又氣又好笑地教他要從中間拆開，把自己原本的那份讓給了他吃。

「今天第一次看見妳穿便服，很不一樣呢……」坐在圖書館前的水泥花圃上，張大介吃著我硬塞給他的飯糰。

「有嗎？就隨便穿而已呀。」聽到忙上好幾個小時、精心搭配的服裝被稱讚，我不免心花怒放。

「是啊，就還是穿制服好。」張大介會心一笑。

「……」會心一笑？喵的，你跟我們家兔子是同一掛的嗎？

「呃我是指，穿制服的話……就不用想說穿甚麼出門比較好。」大概是注意到我臉上的微妙變化，他吞下了一大口飯糰後解釋。

「慢慢吃啦，我們又不趕……」見他囫圇亂吞的樣子，我好怕他噎住。

「啊！那邊，我們的車來了！」張大介突然站起來，指著圖書館前的來車。

一台漆著『浪漫假期』的豪華大巴士，在路邊停了下來。

巴士？我們要坐巴士去玩嗎？我跟隨著張大介起身，驚喜地看著這台交通工具。我原本的期望並沒有放得太高，一直認為今天約會應是搭公車到海邊，或是步行到藝術館，這些一百塊內可以通包的行程。不過顯然，我太小看了張大介給予驚喜的能力。

望著遊覽車身上浮貼的特色簡介「搭載頂級頭等艙式座椅。讓您在舒適中朝向夢幻旅程」，我對於今天約會的目的地，越來越感到雀躍期盼。會是在鳥語花香的庭園喝下午茶，或是在薰衣草滿開的紫叢裡，感受花和他的心跳呢？

「呵呵！早啊！貢丸妹也來啦！」緊跟在我們身後，有人熱情打了招呼。我吃驚地轉身，見到了……小邱阿姨!?這是巧合嗎，她怎麼也出現了在我們乘車的地點呢？

「哎呀！把你的小女朋友也帶出來了啊！」在我茫然中，又冒出另一張熟悉的面孔，是菜市場賣鹹魚乾的歐吉桑。

不過不只是他們，先前我認為是來做晨操的阿公阿婆們，不約而同地，開始朝著遊覽車處開始聚集。

「妳別生氣喔……他是在開玩笑的啦。」張大介搔著耳朵，不好意思地對我解釋。

搖搖頭，好性兒的我當然不會在意那些玩笑話，因為我仍處於『菜市場搬到圖書館這邊來了？』的困惑裡。

「難道……大家都要去？」見著現場人士都拎著大包小袋的手提行李，我感到事情並不單純。

「是啊，這次市場自治會回饋的免費旅遊，大部分人都參加了喔。好險上個月我阿嬤就報名了，所以我們家拿到了兩個名額。」

「那……我們要去的地方是？」支撐不住即將崩潰的微笑，我對浪漫獨處的約會道別。

「喔，第一站是台中三清道祖廟……第二站是彰化南瑤宮，然後我們會在鹿港新祖宮用午餐，接著……」張大介翻出一張黑白紙頁，認真地讀起。紙上，印著斗大的標題：「北港朝天宮進香團」。

約定了的出遊，就這樣地，在爽朗天氣中來到。

22 味道

「特選錫蘭紅茶茶葉，散發佛手柑芳香，搭配光泉鮮乳，流露濃郁紅茶與奶香……在味蕾愉悅中，悠然度過，優雅怡然的午後時光……」恬靜輕唸了幾句鋁箔包上的產品敘述，我把含在嘴裡的奶茶，咕嚕地吞了下。儘管國中時，就察覺了我不是希羅聖娜王國流落在異鄉的公主，但對於自己舉手間不意流露的貴族氣質，仍不知如何解釋。

隔壁座熟睡的他，打著香甜的響呼，倚靠在我垂吊石膏的左肩。

窗邊萬里無雲的風影，一幕一幕地在我首次約會中做著記錄。我們所乘坐的遊覽車，在好幾天不著邊的幻想後，終於駛向了宜人的台灣南部。

車廂內迴盪的音響，持續播放著日本演歌。

「菜市場街的大哥大姐，再過五分鐘，我們就要抵達台中三清道祖廟！請各位開始準備！貴重的物品和錢包，下車時務必要記得隨身攜帶！」拿著廣播器的領隊大叔，精氣神足地將車上乘客喚醒。

即使初次約會的浪漫美夢，已遭「進香團」這個名詞給擊碎；即使行程目的跟期待中的羅曼蒂克，難有聯想的空間，隨和又善解人意的我，心中也沒有任何抱怨和不快。畢竟兩個人能在一起，享受共同的空間和時間，才是約會的重點，不是嗎？

身旁酣睡的男子，仍未有動靜；我用壓抑的指頭戳了戳他胳臂。

「歐吉桑，我們要到了喔……」我說。

「喔？誒賽棒尿了吽！」忽悠中，那男子驚醒。

身邊這位睡臉迷濛的歐吉桑，由於前晚宿醉不舒服，加上和坐在最後一排的老婆口角，遊覽車剛開，就和張大介換了座位，一路沉穩地安睡在我肩膀上。聽說，他在菜市場賣的碗糕很有名。

「來來！一個一個下不要急喔！我們在這站會停留二十五分鐘，請抓好時間喔！」手持小橘旗的領隊大叔，前後矛盾地在門口呼籲。

所幸菜市場聰明伶俐的眾人，並沒有被那不合邏輯的廣播所迷惑。大家很有默契一起湧上了車內的小走廊，摩肩接踵地擠著出車門。

「姿瑜，妳怎麼還不下車？」數分鐘後，最後一排的張大介待眾人走完後，來到前排，發現了仍在座位上的我。

「……等你啊。」其實就算早下車，我也不知道該做甚麼。不過說不知道做甚麼也不太對……因為來廟裡當然就是要拜拜，所以更準確的解釋，應是說我不知道該怎麼拜拜。

下了巴士階梯後，停車場空地上已經停著另外兩台遊覽車，說明了我們不是唯一的參訪者。

「大家都好喜歡拜拜喔。」我望著不下菜市場熱鬧的廟前大道，各地參集的眾香客，在看似無秩序的前進和後退中，組成太極陰陽似的和諧流動。

「有事的人可以消災解惑，沒事的人可以祈福求平安啊！我阿嬤基本上每年都會帶我來一次。妳第一次來嗎？覺得怎麼樣？」張大介跟我看著同一幅畫面。

「就……很莊嚴。」看著我們的約會地點，我一時沒其他想法。

「妳有想去上香嗎？」見我躊躇沒上前的意思，他問了。

「等下一站好了，我動作比較慢，怕點到香時遊覽車已經不見了。」這句講的是實話，因為剛最後下車的我們，只剩下十來分鐘。

「嗯還是妳要先去上廁所？雖然巴士上有小洗手間，可是根據我之前的經驗，大便味道都會很重喔！」張大介的優點之一是很體貼，不過講的話從來都不浪漫，即使是在我們第一次的出遊。

「不用啦，我現在沒有想要去。」我幽幽地講，心裡正和自己鬧著彆扭。並不是指尿急的事，而是在車上時明明就老望著後頭的張大介，但真的有機會聊天時，卻又沒辦法敞心開口。

「妳好像悶悶的，是因為跟我出來玩不開心嗎？」張大介彎腰，探查垂著頭的我。

「沒有啊……只是玩的東西，和我想像的不太一樣而已。」我鼓著腮幫子，踢了一顆小石頭進草叢裡。

「是喔？如果有碰到過年的話，就會更有趣一點喔。上次我和阿嬤來時，好多宋江陣和八家將表演，很熱鬧的說。」他興高采烈地敘述著。

「大笨蛋……」偷偷罵在嘴裡，我轉身回到了遊覽車上。

「？」

行程進行得很快，第二站、第三站、第四站的，像窗外風景飄逝；我和張大介之間的進展，卻仍還停留在早餐時的那顆御飯糰上。不過遊覽車上的阿姨大嬸們，倒是把我當作自己人般的熱情。

「嘿貢丸妹！來一顆茶葉蛋啦！我自己滷的喔！」喊著從小邱阿姨那學來的綽號，賣鞋的李阿姨穿過我身邊的碗糕伯，遞上了濃濃茶香的茶葉蛋。

「多抓一點啦！很好吃的豬肉乾喔，煙燻的哩！」前排的肉鋪王大嬸，把一整包塑膠袋，塞進我想用來婉拒的右手裡。

一路上，我們經過了好幾個綠野花園式的景點，但只能眼巴巴地看著它們消失在地平線上。滿嘴是油的我，對這次旅行，已經不妄想能享受一段無拘無束的悠靜下午茶時間，只在希望多些約會的浪漫感覺。

我不想第一次和張大介的約會，只留下嘴裡食物的回憶，儘管很好吃……

23 黃昏下的牽手

本團的關鍵景點，北港朝天宮，在接近下午三點時終於抵達了。

與前面幾站一樣，我等了大夥魚貫下車後，才準備動身，不過走道上卻沒見到張大介的身影。納悶中，我望去了他的座椅位置，才發現坐在最角落的他，正靠在車窗旁打著瞌睡。剛剛在他身邊的碗糕嫂，一定是太迫不及待地下車，沒注意到要叫醒張大介。

「張大介，我們……」我走到張大介身邊，正想輕喊時，發現他已熟睡到嘴角口水流了滿領口，仍不自覺。我忍不住噗哧笑了出來。

天啊，我怎麼會喜歡上這樣的男生……既不帥氣，又不聰明，也不會打球，更不懂浪漫，甚至睡覺口水還會亂流。心中是無奈的口氣，但仍難掩我的笑容。如果苗學長被記者拍下和張大介相同的睡樣，學校裡的粉絲可能會悲憤地把那家報社翻了吧？

不過想到這裡，我才發現到……崇拜和喜歡，原來是有差別的。崇拜一位偶像，大家見到的，只是他最光鮮亮麗的閃耀部分。而真正喜歡一個人，是能欣賞他的優點，包容他的缺點，接受他是完整的一個人，從內而外。

慢慢地，我對今日的進香團之旅感到釋懷。再怎麼離譜的約會地點，畢竟仍是張大介邀約的……單純的他，或許唯一考量只是能和我一起出來玩，又有舒適的遊覽車坐吧？

「嘿，懶蟲……」我戳了他的臉頰。

「啊!?」張大介忽然抽了身，睜開眼嚇了一跳。

「我們到了，下車啦！」不再垮著臭臉，希望讓他見到我心中撥雲見日的陽光，把握住今天剩下的相處時刻。

在這主要的目的地，我們將停留一個小時。張大介對我忽然有了精神，雖然不解，但卻開心見到。我們倆和大家夥一起進了朝天宮裡上香。捻香時，我誠心地對媽祖娘娘，祈求了三個願望。

第一個，是張大介的阿嬤早日復原出院。

第二個，是老爸老媽平安健康。

至於第三個……就不能講出來了，因為說出來會不靈驗。不過這好像是生日吹蠟燭時用的共識？但不確定上香規矩的我，還是覺得遵守一樣的潛規則，會比較保險一點。

上完香之後的剩餘時間，附近滿是帶著傳統風味的各式商街；原本是計畫隨意地逛一逛，但張大介直領著我到了一家鴨肉羹店，強烈推薦我一定要吃一碗。

「可是我剛在車上吃了很飽了耶……小邱阿姨拿的老婆餅，我都還沒吃。」

我摸著小腹，擔心會肥死。

「但是這家很好吃耶！我和阿嬤來時一定都會吃。」張大介對它不停地歌功表揚，不認識他的人，一定會以為這家店是他家開的。

「那我們一起吃一碗，一人吃一半好不好？」

「呃……好啊。」沒意料到我想與他共享一份的張大介，緊捏著牛仔褲頭，排進了購買鴨肉羹的隊伍。

我坐下佔了位置，當他端著熱騰騰的鴨肉羹過來時，桌上已擺了兩副調羹和清好竹鬚的免洗筷。只靠一隻右手，我花了比平常更多的功夫。

「妳先吃吧？」他很有風度地，把碗先推到我面前。

「沒關係啦，你先吃，我怕燙。」我推了回去。

「這樣喔……」他笑吟吟地又騷了頭，那熟悉的老動作。

看張大介揮著汗，把飄出香氣的濃稠餡料一口吞進嘴裡，那碗鴨肉羹好像真是那麼名副其實的好吃。我右手托著下巴，注視著這滿足的男孩，感受到和他一樣的幸福。此時的場景，熟悉的好像在哪裡見過……？是了，是我們彼此遇見的第一天，當我夾起燒賣餵給他吃時，那一模一樣的神情。

我解釋不了是甚麼理由，但就是很喜歡見他吃東西的樣子。平常拿了吃不完的早餐或便當請流浪貓狗們時，雖然看著牠們飽食，自己也是會有一股油然而生的暖意，不過此時看著張大介吃東西，更多了希望守住這一刻的甘願。

不消一會，那碗鴨肉羹便已經被張大介吃得碗底朝天，一滴不剩。

「啊啊！對不起！不知不覺就……」當視線從碗內移開時，張大介才驚覺自己做了甚麼事。那碗說好要對半分的鴨肉羹，被他一人豪邁地吞下肚了。他紅著臉慌忙起身說道：「妳等一下，我馬上再去買一碗！」

「不用了啦！我真的不餓，而且離要集合的時間差不多了。」我拉住他的背包，笑著安慰。對食物我一直沒有太大的堅持，除了紅豆芝麻麵包之外。

「不好意思喔，和碗糕伯換了位置以後，在車上都不能和妳講到話……」返回遊覽車的途中，張大介刻意放慢了腳步，珍惜今天這最後數百公尺的距離。

「不要一直道歉嘛！助人為快樂之本，好心有好報呀。」我故意用了張大介曾對我說過的話回應。

「那個……今天早上的時候，我不是有說過，妳還是穿制服比較好嗎？」他好像已經憋了很久。

「嗯，怎麼突然提這個？」

「因為我很喜歡……妳穿制服的樣子啊。不是說妳穿便服不漂亮，只是每次做夢見到妳，妳都是笑瞇瞇地穿著制服出現，覺得很可愛……」

「噗，幹嘛在夢裡看？每天上學時不就都可以看到了。」走在他前頭，我半捂著害羞的臉，不想露出自己喜憨式的笑法。不過張大介是怎麼了？吃完鴨肉羹之後就懂得說實話了呢……之後得多帶他來吃。

「但夢裡看見的妳，有和我牽手啊……」他不做作的平實語調，忽然間很迷人。

醞釀已久的青澀戀情，終於在拜完媽祖後發酵……

北港朝天宮四周瀰漫的煙香和燭霧，就如城堡前飄灑的雪花和浪漫，將我們兩人包圍在陶醉氣氛裡。

「那我們牽手，一起走回車上……好不好？」我通紅的朝後伸出，那準備緊握愛情的右手。

正巧路過我和張大介之間，吃力步履的麻糬攤阿婆，慈祥地點了點頭。

24 心雨

助人為快樂之本哪……我倒在座位裡，不停用這句話告訴自己。

經過了整天的路程，和跑馬拉松式的廟寺參拜，菜市場的大夥們都顯得有些疲態了。由於沒專心聽講老婆的聊天內容，半打盹的鹹魚攤歐吉桑甚至被罰站在後頭廁所門口，成為繼碗糕伯之後，被枕邊人驅離座位的第二位苦主。

「謝謝咧！好在有小花妳扶我哩！今天走那麼多路，膝蓋都不會動了！」後座的麻糬攤阿婆，感激地拍著我的頭枕。

「她不是小花啦！小花嫁人很久了！這小妹妹是阿介的小女朋友，叫貢丸妹啦！」我隔壁的碗糕伯幫我解釋著，似乎還未跟老婆和好。

「那阿介有沒有帶回去給他阿嬤看過了？貢丸妹很漂亮耶！人熱心又有氣質！」前兩排不知名的大嬸回頭，興奮地加入話題。

要是往常，我應該會豎起拇指，大喊阿姨您真有眼光……但現在，我只是凝望著遠處最後一排的張大介，有種牛郎織女般的遺憾。

黃昏下奔馳的豪華大巴士，馬不停蹄地載著我們歸返。領隊大叔在推銷完有治癌療效的補藥後，滿意地將麥克風交出，讓大家隨著卡拉OK的歡唱共度回程。我隔壁座的碗糕伯，真是越夜越精神，終於等到了屬於他的星光時間。他接過麥克風後，臉不紅氣不喘，連唱了好幾首數十年前的流行歌曲，頗有開演唱會的氣勢。

今天張大介和我，算是有更進一步的開始了嗎？雖然到最後有了些許進展，只是他仍沒有把握住告白的時間。我相信自己和他之間是有緣分的，否則不會連兩次打石膏都和他有關係，也都被他第一個見到。不過初戀的表白，是需要氣氛的捧托的……下一次的機會，他還需要等待多久呢？想到這裡，我不禁深深地替張大介難過。

「喔來來！小妹妹這首給妳唱！」或許是注意到我單手拍掌拍得賣力，唱完第八首時，碗糕伯突然興起，將麥克風塞給我。

我一臉茫然。小電視上打出的曲目名稱是〈みちづれ〉。

「拜託啦你！你那歌太老了啦！人家年輕小姐哪裡會唱！」前頭的肉鋪王大嬸出面幫我解圍。

「啊不貢丸妹我幫妳點，選新一點的歌，唱……〈心雨〉好不好？」另一位挑染紅髮的時尚大媽，拿著點歌簿提議。

〈心雨〉呀？周杰倫一向都很能體會我的情緒，這時算是不錯的選擇吧……

半推半就下，我拾起了麥克風，但眼神從沒離開過坐在最後一排的那位男孩。

小電視螢幕上，打出了「心雨　李碧華」。

25 升溫

與張大介的第一次出遊，和我自以為是的浪漫劇本不同，並沒有對我的人生帶來震撼性的改變。偶像劇和愛情電影雖然好看，但以作為戀愛參考書來說，是失敗的。不過男女間的首次約會，基本上就如同房間要隨時保持乾淨一般，看似很重要，但其實也不是那麼重要。

在每日上學相處的時間中，或許是進香之旅的蝴蝶效應，我們間的關係的確是加溫了。大約是從攝氏二十度，上升到二十一度半的程度。這樣慢火熬煮下，大約再過二十年，我們就能成為正式的男女朋友。

我偶爾會試著在那爐火下搧風，就例如今天早上。

「最近有一部電影好像很好看耶，叫《愛情事件簿》的。」踏往學校的紅石磚道上，我假裝不經意地提起這個話題。

「是喔，誰演的？」張大介肩上交叉了兩個書包，其中一個是我的。

「金城武呀！我超愛他的。」

「金城武？嗯，我知道他喔！」他點頭，似乎對聽過這個明星感到自豪。

「這禮拜五就要上檔了，不知道要找誰去看好呢……」我煞有其事地苦惱。

「電影票是一定要一次買兩張的嗎？」

「沒有啊，買一張也可以。」我聽得有些莫名其妙。

「喔，那還好，如果找不到的話，就還是可以一個人看。」張大介微笑，一副替我慶幸的表情。

「……」我看著左邊路旁的機車騎士，安全帽下的他不時瞄向紅綠燈；是紅燈，他壓著剎車「噗」的一聲加了油門，車身仍在原地。五秒過後，他再次瞄向紅綠燈；還是紅燈，他壓著剎車又「噗」的一聲，狀似很無聊。而看著他的我也很無聊，因為不知道對張大介我還能怎麼講。

但樂觀地來說，張大介至少是位心地光明、言行磊落的男孩。因為暗示對他來說，完全沒用。

「嘿，下禮拜六的園遊會，你們班計畫要做甚麼呀？」嘆過氣之後，我問了跟著我看向那機車騎士的張大介。

「好像賣烤肉和剉冰的都有，不過我們這組是弄丟水球。只要買氣球的成本就好，也滿省事的。那妳們呢？」

「我們要做珍珠奶茶，好像沒甚麼新意，但只要不太難喝，應該也是會有生意吧……你到時候也可以來我們攤位免費喝喔，呵。」

其實之前討論時我會提議珍珠奶茶，是因為覺得園遊會的目的，就是要讓大家輕鬆地去參與放鬆。耗費太多心力，反而就失去了它的意義。

去年一年級時的園遊會，我和小芊的班級是將教室布置成了鬼屋。剛進入高中生活的大家，對這國中時沒經歷過的活動，都覺得分外新鮮，所以求好心切地花了很多心思在上頭。不論是布景的畫製或是動線的安排，同學們都利用了不少上課時間來準備。

當時我被安排在入口的第一個角落，負責躲在保麗龍做成的假墓碑後嚇人。原本我是希望，能打扮成類似《倩女幽魂》中的氣質女鬼，可惜班上沒有足夠的技術和資金，只讓我披上了塊白披肩和畫上兩個黑眼圈；不說明白的話，別人應該會以為我扮的是熊貓……後來在家試裝被老爸撞見時，發現了嚇人效果還不賴。但他之後一直不肯講當時是因為怕女鬼還是熊貓，才出現了麥克傑克森的顫慄舞步。

活動那天，我們的鬼屋開張後一個小時後，才終於有人買票進來探險。在一堆黑布和假蜘蛛絲之中，儘管挨了好幾包蚊子咬，我仍是盡責地守在崗位上。不過現在想起來，我就是太盡責了，才會一跳出來嚇人時，就被一位外校男生狠狠地朝我臉上呼上一拳。當場鼻血流不止哀鳴的我，甚至還把後頭進來的兩位女生，嚇得破窗而逃。

所以，基於一年級時那感慨良多的回憶，今年我堅持要以簡單和安全為前提，選擇了賣珍珠奶茶。

「說到吃的，你們最近家政課還會煮東西嗎？妳上次做的貢丸真的很好吃說……很期待妳下次做的東西耶。」張大介幸福的表情，讓我想起了「擄獲一個男人的心，就須先擄獲他的胃」這句名言。

其實我何嘗不希望，能在菜市場換個更好聽些的藝名呢？若是學做泡芙，我就能改名為「泡芙妹」。若是學做布丁，我就可以改名為「布丁妹」。雖然以這些綽號來形容柳絮才媛的女孩，仍欠貼切，不過好歹強過現在的「貢丸妹」一百倍……

「你看，飛機耶！」我朝天空指去，那一路上，至少已經從我們頭上飛過三台的不神秘飛行物體。

「喔，飛機……」張大介也抬起了頭。

其實，家政老師上禮拜就已經宣布了……下個月的烹飪課，要做貢丸。

26 園遊會

天光還未亮起，清晨四點小芊就如約地出現在我們家門口。她以前會夢遊時也曾發生過一次，不過這次，是為了要準備今天園遊會要賣的珍珠奶茶。

初始前，我並沒有認為這次的攤位有太大挑戰性。因為計畫賣珍珠奶茶的我們這組，除了小芊、美華和我等八個女生，還有王媽這個強力後盾，人力上想必是遊刃有餘。不過在分配工作內容之後，我才意識到去租書店借小說來打發時間，根本就是鄉愿的想法。準備工作不難，但是卻很雜。如負責前置作業，就需要畫廣告壁報和攤位擺設等，還有扛運蒸餾水這些的粗活。我和小芊被分配的部分，則是處理珍珠奶茶的靈魂，珍珠粉圓。

「嗯……背面的說明，講一百公克的珍珠料，要加兩公升的水下去煮。」我站在鍋前仔細閱讀著包裝袋上的指示。第一次看見沒煮過的珍珠，從來沒想像過嫩Q飽滿的它，竟也曾是又乾又癟的醜小鴨。

「那我們先試做一百公克吧，你們家有量杯嗎？」小芊把頭湊過來。

「等一下喔我找找……」難得週末可以休息，我不想把老媽吵醒問她，只得自己在廚房翻箱倒櫃。

「妳的手已經可以用力了喔？」小芊見我用左手露出石膏的四指推開櫃門，好奇問道。

「還使不太上力，不過弄這些小事不成問題啦。」

前天去醫院複診後，醫師認為我的骨折已經有了臨床癒合，所以不再需要整天吊著手臂到處走。但是石膏的部分，仍需要再等一段時間才能拆。

「啊有了，這個玻璃杯可以嗎？」我找到了瓶沒有握把的小玻璃杯，有點像是化學教室裡的那種。

「可是沒刻度耶……我猜這整杯裝滿，應該在兩百公克左右吧？」接過那玻璃杯後，小芊用目測的給單位下了個定義。

「嗯嗯。那我們就裝一半滿就好。」我們用智慧，解決了家裡沒有量杯的這個問題。

「那水怎麼辦，不是要用這杯子裝滿十次，倒進去鍋裡嗎？」看見小芊已經抱起了鍋子到水龍頭前，我提醒她。

「應該不用那麼麻煩啦。而且裝十杯水，若每一杯都有八公克的誤差值，那十杯倒完，就可以差到八十公克耶。我們家有一個鍋子，和你們家這個差不多大的，鍋蓋上有說是八公升容量的樣子。所以我們就倒滿四分之一，這樣比較簡單吧！」

「呵呵，小芊好厲害喔。」我在旁邊小拍手。覺得只要我們兩個合作，甚麼難事都可以達成。

三個小時後，已經到了再不走就會遲到的時間，我和小芊趕緊一人一手，把那鍋珍珠朝學校抬去。

「它那包說明書，好像講得不太準？」一路上，我皺著眉頭很不安。

「都怪我們太相信它了……」小芊此時也顯得嚴肅。

聽見小芊的語氣，我就確認了這鍋珍珠煮得並不太妙。古人所說的「盡信書，不如無書」，在幾千年後的世界仍是真理。即使知道市面上產品為了銷路，盡做些不實錯誤的文宣和包裝，但我和小芊竟傻傻地一字不疑，選擇了相信那袋珍珠粉圓包裝上的指示。善良的我們，以後要怎麼在爾虞我詐的社會上生活呢？想到這我就有些憂懼。

「這鍋是……？」當抵達了學校操場旁的攤位後，美華用勺羹翻弄著我們的那鍋成品。但沒有人回答，我和小芊站在帳篷的角落，離她很遠。

其實不需要開口問，只要觀察仔細些，便能知道那鍋東西應該是珍珠。

我們精心烹煮的珍珠，由於水和材料上比例的問題，所以最底層的珍珠料已呈顯焦黑狀黏在鍋底；而最上層像咖啡色征露丸的顆粒，則是之後緊急補救加上去的新料，無奈水來不及煮開。

心思纖細的兩位同組女同學見狀，衝出帳篷掩面哭了起來。

「沒關係啦！其實中間的料，挑起來的話還可以用。」見過世面的王媽，想出了權宜之計。

於是，在珍珠數量有限的情況下，我們在開賣後只得把用料抓得很精準，每杯珍珠奶茶只能放七顆珍珠。但是在美術組廣宣的功勞下，攤位生意仍是門庭若市，讓我們手搖飲料搖得手軟。

「謝姿瑜！好久不見！」在我低頭細數珍珠時，突然有人喊了我的名字。

「哇！吳佩如，妳真的有來喔！」驚見國中時的同學，我興奮地把手擦了擦，親熱上前寒暄。吳佩如是我國中時的好朋友，只是在上了高中後，便不常聯絡，或許是各自都有了新的生活圈和朋友。

「當然呀！呵，妳找我，我哪敢不來！老闆快先來兩杯珍珠奶茶！」吳佩如晃著手，遞出兩張面值二十元的園遊會代用卷。

看在往日的情誼，我讓小芊給我插隊先拿了兩杯奶茶，而且每杯都偷多加了兩顆珍珠。不過當我走出帳篷時，才見到吳佩如身邊緊站了位男生，緊牽著她的手。

「吳佩如，這是妳男朋友……!?」我瞠目咋舌地驚呼。

「是啊！林家豪，快！跟公主打招呼！」吳佩如拉著那男生，像以前一樣地跟我開玩笑。

我微笑著讓吳佩如替我們介紹，心中卻覺得好不可思議。國中時和我一模一樣的女孩，已經有了能大方牽手上街的男朋友了呢！國中三年級時我們還約好，如果兩人到七十歲都還沒結婚，就要一起搬到老人院去做室友。

「好啦，先不妨礙公主閣下發財！我們去逛一逛後晚點再來找妳。」閒聊了彼此的現況後，吳佩如繼續拖著男友的手，逛去了其他攤位。

心裡是替她高興的，但卻有一絲絲被往日朋友扔在後頭的不捨感覺。真是女大不中留呀……過去曾是那麼密不可分，但隨著成長的腳步，彼此間距離卻漸漸地從點延伸到了線，從線分歧到了面。

「嘿！老師，要喝珍珠奶茶嗎？我們請客喔！」正當我傷感回顧過去十七年的人生時，聽見了小芊熱情的招呼聲。

正在我們攤位駐足的，是我和小芊一年級的班導師，李老師。見到小芊那反常的舉止，第一時間我懷疑到，她是不是太熱累昏頭了？請學校老師喝飲料，慰勞他們平日的辛勞，基本上我是舉雙手贊成的。不過如果對象是李老師，就另當別論了……因為如果說上課不認真教書是一種犯罪，那他肯定會被判無期徒刑。李老師唯一的教學方式，是要同學們背課文；而他任教的科目，是數學。

「喔，妳是那個……誰誰誰嘛！好啊，給我一杯吧！」李老師試著回想，但想不起小芊的名字。基本上在一年級的時候，他就從來沒記起過我們的名字。

當我狐疑地回到帳篷時，小芊正使勁挖著那鍋珍珠。我沒去問她為甚麼要刮鍋底，因為我甚麼都沒看見。

27 大會報告

輪到其他同學顧攤以後，我趁空檔跑去了張大介他們的攤位。等了一個早上，都沒見到他的影子，我一直以為他中午前就會來找我。不過沿著操場依順序尋找他們班的設攤位置時，遠遠我就見到了七班前異常擁擠的人海，大約估計有兩百多人。

「那麼多人，前面是發生了甚麼意外嗎？」我著急詢問了一位人潮外圈的女生。

「沒有呀，就是排隊丟水球啊！」她引頸張望，一副迫不及待的神情。

丟水球這個遊戲那麼熱門嗎？完全出乎我的想像，看樣子張大介他們這次是押對寶了。生意那麼好，難怪都沒有時間出來找我……

還好原本來就沒有要玩丟水球的打算，我繞過排隊的人龍，從側面擠進了他們攤位。

「啊哈！是那個白癡耶！」本班的葉大頭在我前面，朝著攤位內大笑，原來他也來這湊了熱鬧。不過他應該是我認識的人裡面，最沒有資格罵人白癡的。

好奇的把頭鑽了進去人牆裡，我想看看所謂的丟水球遊戲，為甚麼那麼熱門。不過我只看了第一眼，就發現這個吸引數百客人的遊戲，是令人驚異的單純……在黃線圍起來的一塊小空地內，站著一位上身赤裸的男孩；他手持一把遭砸爛到只剩下骨架的雨傘，慘烈躲避著參加者的水球扔擲。

一整排的參賽者，清一色的都是女生。她們手上無情的水球，像槍林彈雨的直往那男生身上招呼。那男孩不是別人……正是七班那位張姓平頭同學。原來這遊戲的賣點，來自他朝苗學長胯下踢出的那一腳。

「姿瑜，妳也來了啊！想要玩嗎？」搬著空水桶離開攤位的張大介，正巧和我迎面相遇。

「沒有啦，只是來看一下，不過你們這遊戲真有點殘忍耶？」

「哈，可是大家好像都很喜歡玩的樣子？當時我們班長提出這個構想的時候，我只想說成本很低所以應該不錯，沒想到那麼受女生們歡迎。」

「嗯，不過你們要小心看有沒有人偷丟水球以外的東西……」雖然我不認識他們班長，但從洞悉商機和泯滅人性這些特質看來，他以後很可能會是位成功的企業老闆。

暫離開喧鬧的園遊會場地，我陪著張大介抬了水桶去保健室前的廁所，補充新的水球。水龍頭下，他套上了拇指大小的氣球袋；一擰開水，旋轉的水球便急驟膨脹，充實起一顆顆的盎然生意。保健室前的那排桃樹，已經花開了好一陣子，伴著間歇水流聲，隨微風飄下的嫣紅花瓣，使我有些身處世外的錯覺。

此時張大介認真裝著水球的眼神，好似當天他與苗學長對決截球的剎那。

「看你好像也不打球，那你平常都做些甚麼呀？」

「做些甚麼喔？如果說興趣的話，我以前還滿喜歡在學校裡找毛蟲，帶回家養的……」

「毛蟲？你不會是說毛毛蟲那種的吧？」真是不可思議的興趣，光是講出那名字就已經讓我雞皮疙瘩了。

「是啊，就是在葉子上爬的那種毛毛蟲。因為國小自然課時，知道了牠們原來長大會變蝴蝶，就很想自己養一些，親眼見到牠們變化的樣子。不過後來發現，關在鞋盒子裡養的毛蟲，就算結蛹羽化成了蝴蝶，翅膀卻張不開，也飛不起來……但是家裡又沒有專門的培育箱，所以後來就不抓了。」

「嗯，不會飛的蝴蝶……就不算是蝴蝶了吧。」聽他講得有些難受，我捏起了幾隻空氣球想幫忙他裝水。

「啊！妳不用幫忙啦，這樣妳手的石膏會濕掉喔！」他在我摸到水龍頭前，便阻止了我。

「喔……可是我不幫忙的話，你一個人要裝很久耶？」

「沒關係啊，有妳在我旁邊陪我……聊天，就已經很好了。」

我還未仔細咀嚼完他句中的意思，就見到他靦腆地紅起臉。

「大會報告，大會報告……」

操場方向傳來的廣播聲，我和張大介同時望了過去。

「首先！要歡迎各位在今天蒞臨本校，在這個風和日麗的日子，相信大家都玩得很開心……」司令台上拿著麥克風的訓導主任，滿意地看著七班前擲球洩恨的女生們，繼續說道：「我們在半個小時後將舉行一個趣味競賽，活動內容為兩人三腳，歡迎校內校外的來賓朋友們踴躍參加……」

兩人三腳呀？經過之前那個月的跛腳修行，如果是一人三腳的話，我就還頗有自信的。

「……而獲得第一名的參賽者，將可以得到由本校的體育老師，黃金堂老師個人所贊助的《愛情事件簿》電影票兩張，場映時間是明天下午二點四十五分……」當訓導主任提到獎品時，也在台上的體育黃老師站前了兩步，揮手向大家致意。不過曾被他任教過的學生，大概都對那兩張電影票的來由有了譜。黃老師追求校內音樂課姚老師的事情，已經不是新聞。他以前就常把求愛失敗的巧克力或電影票，送給第一個安慰他的學生。

「啊，黃老師一定又被拒絕了……」我惋惜地看著司令台上強顏歡笑的體育老師。

「那個……我們去參加好不好？」張大介放下了手裡的水球，毅然地開口。

「你說兩人三腳？」

「是啊！贏了，我們就可以一起去看電影了。」

完全沒有拒絕的理由，我閉著嘴唇地點了頭。一直以為對他的暗示像肉包子打狗，原來，他都記在了心裡……

半小時之後，我和張大介到了操場中間報名。我搖了搖自己的石膏手，如果站在張大介的左側，跑起來應該不會礙事。趁他去領取號碼的間刻，我簡單地在原地熱起身，不過一扭頭，見到了左後方的女孩，竟然是小芊！

「啊！妳也來比賽!?」愣了一秒後，我和小芊異口同聲地指著對方。

「妳跟誰……」正當我想詢問她的參賽隊友時，苗學長走過了我身邊，將一張『29』數字的貼紙黏在在了小芊臂上。而他自己的胸前，也貼上了同樣的號碼。

我目瞪口呆地，看著小芊做著鬼臉，對我比了個V字的勝利。

「奇怪，他們都沒講這貼紙要貼在哪……」當我仍在匪夷所思中，張大介拿著兩張貼紙走了回來。

「嗯，我貼這好了。」接過貼紙，我很快地貼在了手上石膏，希望能帶來好運。不過凝神細看後，我發現自己剛黏上的數字，是「38」……喵的，我不依！怎麼又是三十八！

「呃，那我要貼哪？」張大介來回在身上比著，決定不了位置。

「我幫你……」我把貼紙黏在了他額頭上，作為選到不吉號碼的懲罰。

28 兩人三腳

操場ＰＵ跑道上，熱烘烘地擠滿了好幾排參賽的選手。訓導主任在司令台上很興奮地宣布，本次兩人三腳比賽的隊伍有五十二組；和去年園遊會時所舉辦的單輪車競賽相比，這次顯得更老少咸宜。

比賽的規則很簡單，第一組穿過三百公尺外那條終點線的，便是冠軍。

此時參賽者的腿上，都用了學校所發的紅色尼龍繩，和隊友的腿併綁了住。

「嘿，張大介，我們被紅線繫在了一起了呢。」對著蹲在地上，正調整我們尼龍繩鬆緊的張大介，我開玩笑地說。

他浮上憨笑，不知道有沒有聽懂，只是把兩人小腿綁了更緊些。

集合在起跑線前的，有各式樣的組合，有同學，有朋友，有情侶，也有分不清是朋友還是情侶的。除了小芊和苗學長，我見到吳佩如和她男友也下場參賽了。她遠遠地對我比了加油手勢，不過她不時擠往前方爭取更好起跑點的動作，出賣了我們過去的友情。

「姿瑜，我問妳一件事喔。」當黃老師拿著信號槍走上跑道邊時，張大介問我，額頭上仍黏著那張貼紙。

「嗯，問呀！」

「等妳不愛金城武的時候，妳會不會……喜歡其他男生？」

「噗」，張大介是在對金城武吃醋嗎？原本啞然失笑的我，見到他正經八百的眼神，硬是把嘴邊莞爾沉澱了下來。

「雖然很愛，但最近有些覺得金城武不太適合我了……所以有在考慮其他對象。」

「那其他的對象是……？」他期待。

「如果我們能拿第一名，我就告訴你。」看著三百公尺外的那條終點線，我笑著回答。

「砰」的一聲，隨著起跑槍響冒起白煙，我們間的對話，待續了到十分鐘之後。

「一！二！一！二！一！二！」各個參賽組合，不約而同地喊出了屬於自己的節奏。迸出青筋的男男女女，在這學校特意舉辦的輕鬆趣味比賽中，認真地面對了眼前的道路。張大介和我，並沒有隨著眾人聲嘶力竭地打拍子；他扶在我肩上，我靠在他腰邊，只是用著一起上學的習慣腳步，跨出男孩與女孩的默契。

跑道上，往終點線跑和朝地上滾的參賽隊伍，很快地就拉開了距離。張大介和我的速度並不是特別快，但是我們跨得很穩，一步一步地，都堅定地踩在了腳下。

「嗚呀！」身邊又傳來一聲淒厲的女生慘叫，我們沒分神去關注，因為一路上，前後左右都是這樣不斷的摔倒浪潮。特別需要去留心的，是在腳下的那些。由於參賽者的人數眾多，此時的兩人三腳比賽，早已經變成了兩人三腳障礙跨越賽。

離終線步道五十公尺前，仍未摔跤的張大介和我，已經擠進了五名之內。我們會贏，我們會贏……！當看著第三名和第四名的隊伍相撞，在地上跌成一團時，我堅信地告訴自己。張大介似乎感到了我的決心，隨著終點線迫近，與我一同加快了腳步。

來到了最後十公尺……我們視野的前方，終於只剩下一組隊伍；但那組不是一般的參賽者，那是由籃球健將苗學長，和我最親近的敵人小芊同學，所組成的夢幻隊伍！小芊國中就曾是田徑校隊，當她認真起來時，來回福利社一趟只需要三分零六秒的時間。

但是張大介和我不能輸，即使我們是沒有任何顯赫頭銜的菜市場隊伍……張大介需要那兩張電影票，帶我去看電影；而我需要那兩張電影票，讓張大介帶我去看電影。

再三步，意謂約會的那條黃線。

實際用途只有千分之一秒的終點緞帶，隨著場邊觀眾的掌聲，在被穿越後朝著天堂的方向飄起。

「啊！恭喜恭喜！我們兩人三腳比賽的冠軍終於出現了！這真是一場精采的競賽……」原本該做實況報導的訓導主任眉，這時才想起了手上的麥克風。

比賽結束。在衝越了終點後，張大介和我放慢了步伐，回頭看向在千鈞一髮時摔倒的小芊和苗學長。在終線前最後的半步，他們突然失常地失去重心，兩人跌在了一塊。

「姿瑜……」身邊氣喘喘的張大介說。

「嗯……」紅透臉的我撐著膝蓋，用氣音回應他。

「……那麼請冠軍隊伍，背號二十九號的兩位同學上台領獎！在此也感謝大家的熱烈參與……喂！那邊那個同學，你在幹甚麼！快把褲子穿起來！」當訓導主任宣布獲勝者時，操場邊出現了一位被水球砸到暴走，邊揮舞著短褲邊狂奔的男同學。

我拍拍張大介的背，難過的他把五官都皺結了在一起。雖然小芊他們在關鍵時刻失蹄，不過在摔倒的同時，也恰巧壓下了終點線。

命運，就是這樣地難以捉摸。受勝利女神所眷顧的，往往都是能堅持到最後時刻的人，但並不總是。

比賽的情緒過去了，但心還是跳得很快。

「沒關係啦……我們都盡力了，而且都沒有跌倒喔！」我故作堅強地微笑。

「……」張大介失落地哭喪著臉，像是個冰淇淋掉落在地上的小男孩。

既然是比賽，那自然會有輸贏。雖然第一名只有一個，但是若能享受到其中樂趣，便不算輸了吧？打比方說，剛才張大介摟著我跑了那麼久，只是不知道他是否有意識到。

「哈，不好意思喔！」領完獎品的小芊來到了我們身後，笑容滿面的。

「唉，誰叫你們那麼厲害……」我裝可憐地露出憂容。

「……不過冠軍被我們抱走了，那電影就你們去看吧！」她乾脆地將兩張電影票，放進我上衣口袋。

「不要啦，你們怎麼不去看？」

「呵，報名時就沒想要去贏呀！而且我連第一名有電影票都不知道。」小芊一副志在參加的口吻，接著才在我耳邊悄聲說道：「苗學長真的很厲害，我一路上絆了他好幾次，最後才成功摔倒在他身上……」

原來她想要的獎品，在穿過終點線的剎那間就得手了。

「可是喔，不過你們怎麼會一起參加比賽的？」我還是沒想通。

「苗學長剛才來我們攤位買珍珠奶茶，認出了我……因為之前去全國大賽現場加油時，我到最後一刻都還在幫他打氣，不像其他看不下去提早離開的啦啦隊。接過奶茶後，他本來只是淡淡地說不好意思，那天讓我們失望了，湊巧那時廣播說有兩人三腳比賽，我就要求他和我一起參加，補償一下我受傷的心靈……沒想到，他很乾脆地答應了。」

「那妳怎麼不進一步問他，要不要一起去看電影？」

「拜託，苗學長是『只可遠觀，而不可褻玩焉』的好不好……」小芊滿足地把臉敷在手上。

關於小芊飄飄然的醉心分享，一旁的張大介不太能聽懂，不過或許是電影票的緣故，他依舊傻笑地很開心。

29 忐忑

淑女的氣質，是與生俱來的。不是我自戀，但當我出門前看著那面全身鏡時，真的是有這樣的感覺。今天麻織遮陽帽下，搭配的是一件甜美風的雪紡洋裝；洋裝是前陣子表姐婚禮時特地買的，直到今天前，只穿過一次。

不過正躲在戲院騎樓柱子後啃雞爪的我，並沒有讓太多人瞧見我今日的穿著。

二點三十二分，已經在電影院前等了快半小時的我，仍未見到張大介的出現。

原本買好的這包滷味，是打算配著電影劇情享用的，不過遲遲等不到另一張電影票的主人，讓我忍不住焦慮地在外頭就吃了起來。數分鐘後，我再次把頭探出了柱子，但映入眼簾的盡是失望。我舉起了另一隻雞爪，思索貴婦名媛們，平常吃滷味時是怎麼入口的。

《愛情事件簿》兩點四十五分的場次，在售票亭上的時刻表，已經打上了即將播映的跑馬燈。平常上課都張大介在等我，今天讓我多等他一下，也是應該的吧？我忐忑地自我慰解，卻沒發現手上那包滷味的重量越減越輕。

盼望一分一秒地過去，透明塑膠袋裡，終於只剩下殘留的滷汁。時間，原來可以那麼地折磨人。雖然知道不可能，但我還是姑且一試地上了二樓的戲院飲食部，想確認他是否捧了爆米花，正抱著和我一樣的心情等待；但並沒有，二樓沒見到任何和我相同的孤身獨影。或他會不會牽了單車來，卻找不到位置停車呢？或是他錯把約好的戲院門口，聽成了 7-11 門口？我快步地回到樓下，在電影院附近，尋找任何有機會藏匿他的地點。

只是濕透的衣背，終究沒換來姍姍來遲的張大介。手錶上冰冷的三點半，讓我沒辦法再欺騙自己被放鴿子的實情。

張大介是怎麼了，比我更期待這場電影的他，為甚麼沒在今天出現……？就算是臨時怯場，是不是好歹要先跟約會對象通知一下呢？沒有生氣，也沒有在回家路上踱步踱得特別用力。因為我要把這些體力儲存下來，等明天上學見面時，再一鼓作氣踢在張大介屁股上……

不過在即將進家門時，原本的怨念突然轉成了牽掛。我想起了上次沒等到張大介的原因……希望今天不是自己嚇自己，但我還是扭頭朝菜市場跑了去。

「阿伯，請問你知道這兩天張大介他們家，有甚麼消息嗎？」我不安地問著鹹魚攤歐吉桑。當我抵達菜市場時，小邱阿姨已經收攤離開了。

「喔，有啊！一早大介就跑來市場找阿邱，說要甚麼去醫院幫他阿嬤的手術簽字。但是我記得他阿嬤腿要截肢的手術，已經拖了很久了哩……本來以為不用了，怎麼突然又要。」鹹魚攤歐吉桑納悶地回答。

截肢!?張大介阿嬤不是普通的糖尿病嗎，怎麼會那麼嚴重地需要做截肢手術？聽到這件張大介從來沒提過的事情，不禁讓我駭然。

得知了我要趕去醫院，隔壁水果攤的紅髮阿姨，趕緊塞了六顆水梨給我，請我順便代她慰問張阿嬤。捧著那大袋水梨，並沒有拖慢我的速度，因為心急如焚的我，在路口便招了計程車。

「……今天的節目，很榮幸地替大家請到目前的票房冠軍，電影《愛情事件簿》的製作人……和我們分享這次的拍片過程……」陸陸續續地，計程車內的收音機，正小聲撥放著廣播電台的節目。司機先生哼著自己的小調，沒太去在意廣播的內容；喜歡看電影的我，若是平常，應是會請他調大聲量。「……當然選角方面我們當初面臨了很大的困難，但是劇本的獨特性，讓我下定了決心一定要成事……周莊蝶夢的……自己成為自己情敵的這種衝突……」收音機呢喃般的片字斷語，完全沒打擾我腦裡毫無組織的憂慮。

醫院正門，在計程車的剎車聲中來到。電梯來得很快，快得當我走到張阿嬤的病房門前時，才意識到一路心急的自己，根本就還沒做好準備。若用現在苦巴巴的表情進門問好，是否會讓張大介和他阿嬤更感到壓力呢？但若裝了太過輕鬆的微笑，又會顯得不合時宜……

「阿嬤，我來看妳了……」整理了好情緒後，我決定把臉藏在高提著的塑膠袋後面。

只是手突然失去了支持的動力，那幾顆水梨隨著我的茫然，摔落了在房內。張大介阿嬤的病床上，空蕩蕩的，剩下一襲新換上的床單。

30 月下的我們

「她中午時過世了喔……妳是她的親友嗎？那老人家滿固執的，一直不願意截肢。儘管今天緊急做了手術，還是來不及……」六樓護理站的護士小姐，淡然地告訴了我答案。儘管我已經有了心理準備，但仍是感到一陣天旋地轉。

下樓時，我沒搭乘電梯。電梯對此刻的我來說，太虛幻了。那魔術般的箱子，似乎隨時可以把人，傳送到不知名的國度去。我撐開頑鈍的樓梯間推門，門的後面，是白與黑的無限迴廊。一腳一腳地步下階梯，迴盪聲顯得格外寂靜。下到五樓時，我見到了位坐在一角的男孩；像塊溶在樓梯上的灰色水泥，他失神肅靜得如一幅素描畫。

「我阿嬤她……」回頭見我的，是眼鼻紅成一團的張大介。

「嗯……剛才護士和我說了。」我壓下裙襬，難過地坐在他身邊。

那些「別哭了、沒關係、都會過去的」不負責的言語，我說不出口；沒經歷過近親的生離死別，我知道自己沒有資格，告訴他該如何面對。阿嬤對張大介來說，不光只是拉拔他成長的至親；過去的十七年生命裡，他們根本是在同一個屋簷下，緊緊相扣的。回到家，對著空蕩的房子說句「我回來了」；煮好飯，餐桌上能擺上的碗筷，只有一副；不小心睡過頭，再也沒有斥責的聲音。張大介今後……仍要獨自過下去，但失去重心的孤寂，要多久才能沉澱？想到這，原本該安慰他的我，不爭氣地反滑下了眼淚。

「阿嬤她騙我……」他抖著嘴唇，發出聲。

「？」

「她騙我說……再過一陣子就可以回家。除了賣豆腐，下午還可以推車去街上賣豆花，然後等我下課的時候，再一起走回家……」越講，張大介的嗓音便越混濁，像是壓抑了洪水般的情緒。

我別過頭，不讓自己的感傷，落在他已經夠沉重的肩上。或許他阿嬤就是做出了這些承諾，才遲遲不肯接受截肢手術……雖然見過面的次數不多，但我知道失信於孫子，是她絕對不願意做的一件事。

再也克制不住，張大介終於鬆開栓，潰堤暴哭，把永遠無法釋放完的悲鬱發洩了出來。我讓他伏在我腿上哭；他獨自承擔的哀痛，沒有必要讓其他人看見。毫無心機的他，就像嬰兒一般，用最初的本能來反映現實的殘酷。

不知道過了多久，一動一靜的張大介和我，慢慢回到了相同的呼吸節奏。他硬弓起的背部，終於不再倔強，而嘴裡只剩下囈語中的哽咽。睡著了吧？我想。樓梯間的小窗戶這時，已經掛上了夜月，不過我仍沒有叫醒他的意思。因為現在，張大介只有在夢裡，才能再見到他阿嬤。

31 蝴蝶飛

週末過後，小芊追問了我和張大介這次的約會，是否有任何新的發展。事前我也曾幻想過，漆黑的電影院裡，是最適合發生浪漫的場所。比如說，兩人的手，不經意地在爆米花上觸電，或是貼心的他，在過強的冷氣中，用胳臂圍上了我需要保暖的肩膀……但是不想講出那突如其來之憾事的我，只能用傻笑回應。

「謝姿瑜，妳便當到底是要訂哪一種啊？」負責叫午餐的羅國銘，把訂購單亮在我面前。便當訂單上，雞腿飯、魚排飯、排骨飯、香腸飯，甚至是從沒有人叫過的雞屁股蓋飯便當，後頭都填上了代表我的座號「20」。不用去動腦，我就知道是葉大頭在惡作劇亂寫。

「那就都訂好了。」我幽幽地回答，剛好今天沒有做抉擇的心思。

「都訂？呃……也不是不行啦，但雞屁股蓋飯妳確定也要？」

「當然都要啊！不過記得去和葉大頭拿錢，今天他要請客。」一旁耐不住的小芊幫了腔。

其實，現在食不知味的我，真的不介意午餐是吃甚麼。即使仍照常上課下課，但我深知自己失衡的心理，對色彩的認知有了些疑惑。

接下來的好幾天，張大介不只沒出現在上學途中，就連學校也都完全沒來。我理解他需要時間獨處，但又矛盾地擔心他太過寂寞。好幾次我都有想去他家找他的衝動，但由於不記得切確的路線，最後還是得半路放棄。

我一度害怕，張大介會從此消失，直到禮拜五的放學時間，他主動出現在學校門口。歉然的眼神，在沒間斷的學生人群中，一直凝視著我。

「最近都沒能陪妳一起上學，不好意思……」好不容易拉近距離後，張大介開口便是道歉。仍是少了生氣，不過他整體的精神狀況，比我想像中的略好一些。

「別這樣講，平常你如果有想找人聊天，或是不想自己一個……就隨時打電話給我。」儘管上次去他家時，就發現屋內的電話線好像不通了，我還是把手機號碼抄在便條紙上，塞進他掌心。

穿離了放學人潮，我和張大介逆著喧嘩聲，朝俗稱老人公園的小空地走去。小公園裡，有幾位剛接完小孫子放學的老人家，也有幾隻終於被主人放出散步的大狗。稱不上是適合獨處的地點，但已經算安靜得能讓我們談話了。

張大介今天，牽了那台一陣子沒見的黑色腳踏車出來。我們挑了張沒人的石磚凳坐下後，他把單車靠在一旁。

「你會不會餓啊？我們等一下可以去吃東西。」我提議，因為這是目前唯一能想到讓他開心的辦法。

「喔不用了，小邱阿姨幫我燉了一大鍋滷肉，出來前我才吃過。」他搖搖頭，看起來真的是不餓。

「這樣喔……那我們可以……」

「其實我今天來找妳，是想把腳踏車送妳。」他望著腳邊的單車，又回頭看了我。「鐵鏈我已經請人弄好，可以騎了喔。我有想過黑色妳不會喜歡，本來考慮把它噴成其他顏色，可是還不知道妳是喜歡藍色，或是粉紅色之類的……」

「你要把腳踏車送我？為甚麼？」我對他突如其來的用意不解。

「因為……我可能快要走了。想說離開前，留一些甚麼禮物給妳。」

「甚麼？」

「禮物。」他認真地加重語氣。

「不是，我是說你要走去哪!?」

「這個……前幾天，有社會局的縣府人員來我們家，好像是小邱阿姨拜託的……他們說替我聯絡到了我媽那邊住鄉下的表妹，願意接我過去照顧，直到我完成學業。」

「所以，也要轉學嗎？」提出這問題時，我整個心情down了下來。

「嗯……」

「甚麼時候要走？」

「再三天，等我阿嬤頭七過後……大概的行李，已經打包好了。」

沒有我選擇的餘地，原來已經是既定的事實，張大介是來見我最後一面的。接下來的幾天，他想必會忙著處理阿嬤的後事，和家中的雜事。

要離開了呢……我五味雜陳地看著張大介，看見了他的愧疚和不捨。知道這消息，我成熟的那一面是替他感到高興的。有了另一個家庭的關照，他就不須孤伶伶地守在空房子裡觸景傷情。不過鬧著脾氣的右腦，仍自私地難讓我有雨過天晴的喜悅。

一頭脫韁的大黃狗，追著隻小博美犬在我們面前衝過；我來不及幫牠的主人拉住繩子，就如抓不住那即將離開我的眷念。

「姿瑜……謝謝妳，一直對我那麼溫柔。」張大介努動嘴角，但看不出是笑容。

我淡定地闔上眼，深深吸了口氣。我對張大介很溫柔嗎？或許是吧，但朋友間就是這樣子不是嗎？你對我好，我對你好，再也理所當然不過。只是，我希望我們兩人，不只是朋友……

「因為我喜歡你啊……笨蛋。」我用手腕抹去了眼角的濕潤，在這最後的機會，讓心聲隨著呼吸自然地鬆出口。

「喜……喜歡我？」

「是呀，贏過了金城武喔，像男朋友那樣的喜歡。」

「我、我也是……很喜歡妳。希望妳能當我女朋友的……那種喜歡。」

終於，彼此都表白了的我們，在結束前開始了起點。

有人說，愛情的長短一點都不重要，重要的是彼此都能獲得幸福。我不否認這句話的意義，但如果說愛情是巧克力，我希望能不要一結帳完，就發現了包裝上過期的日期。

「你走了以後，我會很想你。」我憂傷地看著他。

「我也是……走了以後，會很想妳的。」張大介認真地附和。

「喂，你不要一直愛學人家講話好不好？」好像是對回音谷自言自語一般，我破涕為笑，小推了他一把。

「對不起！我只是……」他窘困地語塞。

「對了，我想到了一件事，快上車，今天換我載你！」當他低著頭時，我拍了拍裙子，跳上腳踏車的駕駛座。

「啊，去哪？而且妳的手，可以騎車了嗎？」

「拜託，我昨天連賽車都開了。」昨晚我和老爸玩 Wii 的瑪莉歐賽車，樂勝了他一圈半。

張大介戰戰兢兢地坐上了後座，扶著鐵把。從大人懂得開始騙小孩以來，童話裡帶著公主回城堡的，總是騎著白馬的王子。但是很明顯，我和張大介不是公主與王子，也不住在童話世界裡。

「欸，你很重耶？」很久沒騎腳踏車的我，踩下踏板，左歪右擺地扭動著車身。

「所以說……我載你吧？」張大介在後座探著頭。

「不要！」我喊道。

「？」

「我們之間，一直都是你在做決定，今天……換我了！」用力踏著單車，我載了剛成為我男朋友的男孩，離開了公園，駛進黃昏裡。

張大介望著我的背影，在後座吹著我曾吹過的涼風。不同的位置，但和之前相同的心跳聲。在我們第一天和最後一天以情侶相處的日子，我希望此時此刻的張大介，是和我掛著一樣的微笑。

短暫的夕陽中，我們來到了一家國小旁邊，賣寵物魚的水族館。讓張大介待在外頭等，我賣了關子地一個人進店裡。五分鐘後，我兩手環抱，吃力捧了一箱透明的玻璃箱出來；箱蓋子上，有許多氣孔。

「送你的，包裝上是說養爬蟲類專用的……但是老闆說，養蝴蝶也是可以喔。」我掏空了兩個月的零食餐費，決定在臨別前送張大介一份禮物。

「這?不用買那麼好的啦!我之後找大一點的水果箱，應該也是可以……」他受寵若驚地連忙拒絕。

「很重耶，趕快拿過去啦！」

「喔喔，好。」他聽話地接了過去。

「搬到鄉下後，你能找到的毛蟲應該很多吧……若放假時，有回來見菜市場的大家……可以順便帶著羽化的蝴蝶，讓我看看嗎？。」

「唔。」這時才感到離別傷感的張大介，笨拙地用衣袖擦了鼻水。

我並不強求他能常回來，但是寒暑假的時間，他應該是可以搭公車或火車，偶爾來見見小邱阿姨他們，和我吧……

我和張大介斜陽下拉長的影子，即將要漸漸淡去了。在落日前最後的結尾，我們把這時刻留下，仔細看清楚彼此的模樣，在心底畫下紀錄。

「你每抓到一隻毛蟲……嗯？不對，你每次看見蝴蝶飛，那一天，就要一直想我喔。」我希望藉由這個幼稚的承諾，把初戀留在心裡。

「妳就是妳啊，不管有沒有蝴蝶飛，我都會一直很想妳。」

張大介，懂得說出心裡的話了呢……

「那，再見了喔。」分手時，張大介扭著嘴，掛起兩行淚。

「嘿，不要哭啦！又不是不會再見面了。」我拉拉他的衣角。

「嗯嗯……」但他仍是持續在哭。

「搬過去安頓好時，記得打電話給我喔……」我安慰道，讓他知道我會一直在這裡。

在心靈層面的堅強上，女人其實是強過男人許多的。而面對離別，我更希望他最後看見的我，依舊是那唯美甜雅的形象。直到轉過了街角，確定張大介見不到時，我才嘛起嘴，一把鼻涕一把眼淚地泣不成聲。

謝姿瑜，別哭了，很快就可以再見面……而且，街上很多人在看的！牽著張大介的腳踏車，我竭力安撫自己，卻轉不上已開的淚鎖。

不過當三天後，張大介在機場打電話與我道別時，我才知道他所謂的鄉下，是一個叫素里的地方，位於加拿大溫哥華的郊區。

32 名爲遲到的初戀

張大介走後，我常常在一個人的上學路上駐足，彷彿聽見他的喚喊。但除了偶爾隨著我沒吃完的早餐，會跟上一段路的那隻米克斯犬，我再也沒聽見與我重疊的腳步聲。

當失去了曾經擁有的東西時，我才意識到世界上最遠的距離，不是生與死，而是遲到時，從此不再有他陪伴的迢迢上學路。好幾個晚上，我甚至紅了眼，對著床邊也是紅眼睛的兔子傾訴。告訴它若是能將張大介從加拿大帶回來，我願意答應它任何事。

人不在，時間依然會走，就連手上習以為慣的石膏，都不知不覺地被拆了。但一個月之後，當我放學回來時，在房間內發生了件訝異的事情。往常總是賴在我床上的兔子，突然不見了！

我蹲下床架，確定它沒在前晚睡覺時被我踢下床，又翻了衣櫃，但只找到一顆電視遊樂器的變壓器。兔子它，是真的跑去加拿大要把張大介帶回來了嗎？雖然我會很高興見到張大介，可是……兔子那傢伙肖想了我那麼久，事成之後，一定會要求我做它的新娘的！怎麼辦？

「媽，妳有看到我的兔子嗎？」我驚慌地找到了廚房內的老媽，希望她能提供尋兔線索。

「喔，早上洗被子時，我一起拿到頂樓曬了啊，還沒拿下來呢……對了，有兩封妳的信在桌上。」老媽洗著蔬菜，用頭指了客廳的方向。

鬆了一口氣的我，緩步走進客廳查看桌上的兩封信。第一封，是上個月被我打爆的手機帳單；不能連續接受刺激的我，假裝沒看到，只是撿起了第二封信。信封上，貼著張蝴蝶的外國郵票，是張大介寄來的！我感動地拆開了信件，希望張大介比我聰明，不要把莫名其妙的東西放錯信封……

姿瑜，妳好嗎？

來到這邊以後，阿姨一家人都對我很好。從沒見過面的表姐和表弟，也很快地和我成為了朋友。剛來的時候，因為不會英文我都不敢出門。不過阿姨開車帶了我到華人商場後，才知道其實有很多中國人，除了台語不懂以外，講國語都可以溝通和殺價。

阿姨家的農場有種藍莓，不過好像是因為有用除蟲劑的關係，不是那麼容易能找到毛毛蟲，反倒是能看到的動物比較多。除了阿姨家房子裡的一隻哈士奇狗、一隻挪威那狗和一隻黑貓外，戶外常能看見成群會飛的野鴨子，讓我想起了鴨肉羹。表姐有在練騎馬，所以阿姨家的農場也有養了一隻馬。不是很強壯的那種，但應該是很健康。我曾經試著騎上了馬背，發現不是像騎腳踏車那麼簡單。我依照表姐的指示喊了馬的名字，不過牠只是回頭看了我一眼，又繼續低頭吃草了，完全不理我。隔壁家也養了幾隻動物，長得很像台灣的草泥馬，但是阿姨說是駱馬。駱馬牠們對我就比較有互動，我只要經過，牠們就會一直朝我噴口水，很有趣。

目前我和表弟同一個房間，他房間內掛了很多王建民的海報。比較值得一提的是，他床邊的鬧鐘，除了電子螢幕外，在關燈的時候是會整個發出夜光的，就算是晚上半夜去上廁所，回來時不開燈，也能很簡單地找到床的位置。

其實說了那麼多，真的只是想讓妳知道……姿瑜，我很想妳。

祝

笑口常開　學業進步

張大介　上

讀完手上這封文情並茂的來信後，我翻過了背面，但空白一片，並沒有其他的字句。我把原本準備好的紙巾，放回了面紙盒內。曾經懷疑，也許有些隱藏的內容，是要用火烤或泡水才能看見。

晚上睡覺前，抱著枕頭，我把信又拿出讀了一遍。

「我也很想你……張大介。」瞇著眼的我，自言自語。

但這一次，我看見了。

熟悉的上學路途，我朝著初露的曙光漫步，薰風拂面笑得很愉快；走得再慢，也不需要擔心學校門前的教官。後方嘰嘰喳喳的，是那隻騎著落鏈單車的米克斯犬；而身邊，是牽著我手，頂著帥氣河童頭的張大介……

（End）

要青春01　PG0777

要有光 FIAT LUX

因為我喜歡你，笨蛋

作　　者	舒果汁
責任編輯	林千惠
圖文排版	邱瀞誼、陳姿廷
封面設計	陳佩蓉

出版策劃	要有光
製作發行	秀威資訊科技股份有限公司 114 台北市內湖區瑞光路76巷65號1樓 電話：+886-2-2796-3638　傳真：+886-2-2796-1377 服務信箱：service@showwe.com.tw http://www.showwe.com.tw
郵政劃撥	19563868　戶名：秀威資訊科技股份有限公司
展售門市	國家書店【松江門市】 104 台北市中山區松江路209號1樓 電話：+886-2-2518-0207　傳真：+886-2-2518-0778
網路訂購	秀威網路書店：http://www.bodbooks.com.tw 國家網路書店：http://www.govbooks.com.tw
法律顧問	毛國樑　律師
總 經 銷	易可數位行銷股份有限公司 地址：新北市新店區中正路542之3號4樓 電話：+886-2-8219-1500　傳真：+886-2-8219-3383 e-mail：book-info@ecorebooks.com 易可部落格：http://ecorebooks.pixnet.net/blog

出版日期	2012年12月　BOD一版
定　　價	180元

國家圖書館出版品預行編目

因為我喜歡你,笨蛋 / 舒果汁著. -- 一版. -- 臺北市 : 要
有光, 2012. 12
面 ; 公分
BOD版
ISBN 978-986-88394-4-1 (平裝)

857.7 101016373

讀者回函卡

感謝您購買本書，為提升服務品質，請填妥以下資料，將讀者回函卡直接寄回或傳真本公司，收到您的寶貴意見後，我們會收藏記錄及檢討，謝謝！

如您需要了解本公司最新出版書目、購書優惠或企劃活動，歡迎您上網查詢或下載相關資料：http:// www.showwe.com.tw

您購買的書名：______________________________

出生日期：________年________月________日

學歷：□高中（含）以下　□大專　□研究所（含）以上

職業：□製造業　□金融業　□資訊業　□軍警　□傳播業　□自由業

□服務業　□公務員　□教職　□學生　□家管　□其它_____

購書地點：□網路書店　□實體書店　□書展　□郵購　□贈閱　□其他

您從何得知本書的消息？

□網路書店　□實體書店　□網路搜尋　□電子報　□書訊　□雜誌

□傳播媒體　□親友推薦　□網站推薦　□部落格　□其他__________

您對本書的評價：（請填代號　1.非常滿意　2.滿意　3.尚可　4.再改進）

封面設計____　版面編排____　內容____　文／譯筆____　價格____

讀完書後您覺得：

□很有收穫　□有收穫　□收穫不多　□沒收穫

對我們的建議：______________________________

____

____

____

請貼
郵票

11466
台北市內湖區瑞光路 76 巷 65 號 1 樓
秀威資訊科技股份有限公司 收
BOD 數位出版事業部

(請沿線對折寄回，謝謝！)

姓　　名：＿＿＿＿＿＿＿＿　年齡：＿＿＿＿　性別：□女　□男

郵遞區號：□□□□□

地　　址：＿＿＿＿＿＿＿＿＿＿＿＿＿＿＿＿＿＿＿＿

聯絡電話：(日) ＿＿＿＿＿＿＿＿＿＿ (夜) ＿＿＿＿＿＿＿＿＿＿

E-mail：＿＿＿＿＿＿＿＿＿＿＿＿＿＿＿＿＿＿＿＿